山佐改 Sandra 週記

王淑敏・306班／合著

推薦序

一期一會

朱學恆

二〇〇九年十二月九日下午，我來到清水高中演講。晚上則是有一場在靜宜大學的演講。四個月之後，我手上拿著一本清水高中三〇六學生的週記集結成的書，在思考要寫些什麼。有些人說，演講和寫文章，最好都要先下一個關鍵句。那這篇文章的關鍵句應該是這個。

有些事情，對現在的你們很重要，但是過了十年之後再來看，卻一點也不重要。而有些事情，對現在的你們來說雲淡風清，但過了十年之後再來看，卻是你的人生中最關鍵的一刻。

我帶著自己掏腰包出錢的器材和工作人員，旅行了兩百公里，來到你們面前，在對你們的這場演講的最後幾分鐘。我知道已經超過了原先的時間，我知道已經該是上下一堂課的時間。但我還沒有講完，我想要把這場演講作一個結局。

但是教官和學校的行政人員已經跑進來了，他們拉起兩位同學，請她們離開禮堂，去做顯然很急迫的事情。

但是我把她們擋了下來，我說，請讓她們聽完我最後幾句話。

相信教官和行政人員叫她們去做的事情一定很重要，也許是打疫苗，也許是社團會議。

相信他們一定覺得少聽到演講幾分鐘有什麼了不起的。

但是我卻知道不是這樣的。

因為我知道有句話叫做一期一會。我知道這很可能是我這輩子最後一次見到她們，最後一次能夠告訴她們我覺得人生最重要的事情是什麼。如果我現在不告訴她們，當她們離開那扇門，我也離開清水高中，我就永遠沒有機會了。

所以，我絕對不會放棄我人生中僅有，唯一的一次和她們的人生交會的機會。

就算當場所有人都覺得不重要也沒關係。

我知道這很重要，我做了我該做的事情，這樣就夠了。

我今年三十五歲，高中畢業十七年。我還記得十七年前每一次要寫週記的時候都是週日晚上睡覺前最後的一瞬間。所以永遠都滿肚子火，本來可以拿來看電視的時間卻得要拿來寫什麼爛週記嘛！（怒）

所以，每次週記都是我亂寫的時候。我記得我曾經用減肥廣告來當作一週大事，剪貼了一張之後煞有介事的分析這個社會現象。當然，我也曾經在週記裡面罵糾察隊是以夷制夷政策下的結晶，這些人都是漢奸走狗……現在看起來真的很囧啊。

但是我的導師不管我寫的多麼讓人噴血，總是能夠擠出一兩句來安慰當時暴衝的我。

多年以後，我還是非常感謝她的包容和支持，因為，遇到一個願意仔細看你亂寫週記的老師，其實是很幸福的一件事。

最後，我想有段文字可以跟你們分享。

我的部落格上，經常有人來信詢問各種各樣的問題。有一次，有個男孩寫信來，說他和他很喜歡的初戀女友分手了，該怎麼辦？

下面是我的回答：

我想要講的體會來自於一部電影，叫做《Back to 17 Again》。

有些事情在十七歲的時候遇到，就好像是世界末日一樣。

但等到你三十四歲的時候回頭看起來，那不過只是人生起伏中的一個泡沫而已，甚至想起這段回憶時，你的嘴角還會揚起笑容。

因為有一天你會遇到的。

有一天你會遇到那一個人的。

而那個時候你就會懂，你年輕的時候遇到的這許多挫折和失敗，許多拒絕和頹廢，都是為了遇到那一個女生所做的準備。

到了那時候，你就知道了。

記得要感謝年輕時遇到的這許多人，因為如果沒有她們，你不會懂得要如何去好好對待和珍惜還站在遙遠的未來等待你的那一位女生。

你也不會成為一個背負許多傷口、無奈和遺憾的男子漢。

到了那個時候，記得拿杯酒，敬那個在遙遠的過去痛苦、困惑、掙扎的自己，因為他挺過去了，才有現在的你啊！

所以啊，我真正要說的是，將來一定會有這麼一天，你會面臨一種選擇：

一個是現在看起來天大的事情，但十年之後看起來卻顯然毫不重要的選項。

一個是現在看起來微不足道，但如果現在不做，一輩子都不會做的事情。

到了那個時候，請回想起這篇文章。也許，你就知道該做什麼樣的選擇了。

自序 一方安靜的角落

✦山佐Sandra✦

出版這本書源起於一個浪漫的衝動，很高興衝動化成具體的行動，這份浪漫最終也化成實體的書冊。

能夠教書，我是很有福氣的。不是為了十八%、退休金、寒暑假等等的附加福利，或一只鐵飯碗。相信我，人生有太多東西比這些安穩更值得追求。老師的工作理當是超越分數與升學率，直抵學生內心的交流，是解決現今許多社會問題的根源。近年來出版界有不少好書，國外版的如《優秀是教出來的》、《第五十六號教室》、《街頭日記》，國內的則有《十二歲的天空》、《愛，讀冊》、《希望教室》等等。這些堅持把事情做對，並且樂在其中的老師們，用他們的文字交流出他們對教書的熱愛，一再激勵著我要看重自己的工作，當一個看得起自己的老師。教書多年後，我晉升為兩個孩子的媽，漸漸地，我找到一個很簡單的教書原則：「我希望老師怎樣教我的孩子，我就怎樣教我的學生。」也正因此，我從一個初執教鞭、相信「成績代表業績」的黑牌老師（當時我沒教師學分，拿的是試用教師證），在步入婚姻生活後，變成把學生當成是別的父母心頭上的一塊肉來看待的山佐老師。

十九年的教書生涯裡，我發現我是多麼幸運！做熱愛的事，還有人付我薪水！教書真的太好玩了！當我看著眼前愣頭愣腦的、賊頭賊腦的、百問不答的、永遠岔開問題的、英文從沒及格過的、或一直在遲到的……各式各樣的學生，沒有一個我說得出來他日後會長成什麼樣子！曾經英文破到足以亡國的立國，日後竟成了資訊官到美國受訓，協助把戰艦開回台灣；老是在打工、遲到、穿拖鞋的文翔成了背包客行家，我出國旅遊還得請教他；致汎成了服裝設計師，品牌進駐歐洲精品街；瓊瑤回到我的國小母校教書……太多太多了！我何其有幸一度出現在他們生命當中，參與他們的成長，也許，揉進一點我的色彩，送他們畢業，然後，像個好奇的觀眾看他們的生命不斷的蛻變、成長，到擁有自己的一片天地！

這不是電影，但比電影好看太多了！是學生用他們自己教給我的功課。教書最精采的地方，就是你永遠猜不出學生未來會長成什麼樣子！

這些週記，是高中生的生活記事和心思的忠實呈現。舉凡他們面臨的大小事，作弊、迷失、社團、糗事、畢旅、讀書的苦悶等等，藉著週記，我非常榮幸能夠分享他們的生活。每篇週記最後，我會提出我的看法和提醒，實習老師璨寅（Lin）有時也會添上一筆。當我回完整班的週記，一週也將結束。於是，每週五最後一堂課，我整理週記裡的重要訊息，和這週主要談論的話題，用Sandra分享回應學生。文字有記錄、沉澱、省思的力量，讓同學們更深入去看待週遭發生的人事物，累積智慧，望向明日。我最厭惡錯誤不斷重複，時間流逝，我們卻一無所得、完全無感、無能為力，任由即來的時間流，將我們推向更多未知，任憑自己消極以對。尤其是應該朝氣、活潑、熱情、浪漫的高中生，怎能任青春歲月無感地流逝？怎能任「錢多事少離家近」的低俗的價值觀成為他們最首要的追求？這些年輕的生命有太多更美好的可能，只要他們能思考、能領略，並勇敢堅持。

表面上，三〇六是很ㄍㄧㄥ、很悶的班級，但週記這一方安靜、安全的角落裡，他們個別和我分享著喜怒哀樂。透過週記，我和他們建立個別的了解和信任，讓我在班級經營的分寸拿捏得更恰當。但願這些內容的忠實呈現，可以提供給更多高中生、家長，甚至老師們一個出路，思索我們可以如何過得更美好、更快樂、更有價值！

謹將這本書，獻給歷年來我教過的學生。在我們互動關係中產生的火花，不論是摩擦、誤會，或是信任、支持、相知相惜，都化成我夢田裡的沃土。這些春泥，將滋養日後的學生。但願我們都豐富了彼此的生命。

感謝主耶穌給我的恩典不曾斷絕，我才能夠不被荒謬的制度混淆了該有的堅持，不在事與願違的挫折中放棄希望。能夠教書，我是被主深深祝福的。

二〇六成軍之初——暑期輔導

97年7月7日—7月13日 初相識

於姍

七月七日暑輔開始，和分班後的同學都還不習慣，常常還是和一年級的同學聚在一起，我也不例外。我是一個很內向的人，認識同學多屬於被動，我知道這樣不是件好事，不過正在改善中了，我會想要嘗試著大聲說話，不過若是我們很熟，我就會很放，所以呀！我得趕快熟悉大家了。

第一天到教室裡，雖然說是分班，之前一年級的同學同班的還是有四、五個，不過大家也幾乎都是這樣，只和自己認識的人聊天，不過上課時，卻又是挺著胸，專注的看著老師，就彷彿有一股感染力，把想睡覺的瞌睡蟲給趕走了。導師沒來的第二天，數學老師問說幹部選了沒？在安靜的班上才有小小的聲音出現，老師說我們那麼大了，應該要做好這些事。然後就在不熟悉的情況下，選好了幹部，直到第三天導師從北歐回來，我們才真正看到導師的真面目呢！對於Sandra的上課方法，我很excited，很久沒有這樣用英文上課，只有在國小上的補習班才有，很期待未來的每一堂課，都能在快樂中學習，而且充實、有效率地學好這個科目。

To於姍：I'll do my best. And if you do your best, you will be surprised how good you can become!

謝謝你告訴我這經過，看你們自己自主、自動，我很感動，這是我想要的。

97年7月14日—7月20日　初相識之二

理偵

新班級、新生活希望能有新氣象，對於能分到這個班，我感到十分的驚訝，畢竟過去一年花在讀書的時間實在少之又少；另一方面我卻有些開心，曾經我是個努力唸書而且喜歡唸書的人，我多麼希望能夠找回當初那個自己。

第一次上老師的英文課，我心中是雀躍的，因為我好久沒有這樣聽一節課的英文。國中時我是唸ESL班，但是我的英文也沒好到哪裡，實在慚愧呀！國中當然是以考上好高中為主，ESL課成為次要，況且基測英文算是基本，因此也就沒有花太多心思在那上面了。英文是種語言，久不用便會產生陌生感。高一那一年，英文對我實在太疏遠，只有在月考前才想起英文的存在。很開心能讓老師教到，英文會跟我更熟識的！

班上同學人都很好，希望不會出現九把刀說的那種人，告訴你他沒有唸書，考出來硬是高你二、三十分，分明就是嘲笑你白痴、腦殘！我真的十分討厭這種人，班上要是有這種人真的要命！班上還不太熟，有時有些意見，大家也不太敢說，深怕自己名不正、言不順，招致閒言蜚語，得不償失呀！希望大家互相勉勵、扶持，而不是惡性競爭、私下較勁。

To理偵：我的班級一向是明朗快樂的。Don't worry too much. Just wait and see.

Sandra週記分享1　稻米哲學

謝謝你們在週記的分享，讓我知道幹部是怎麼選出來的。這個過程是我很欣賞的一部份。真要謝謝數學老師的一句話：「你們都那麼大了，很多事可以自己解決，不必一定要依賴老師。」你們也很能及時做出回應、解決問題，不但自己選了幹部，還換了座位，這是個很好的開始，一個獨立自主的開始。幾乎每個同學提到新同學、新老師、班上同學不熟，所以很安靜；或是期許自己數學能學好，高二能過得很豐富，自己一定要好好加油。當然，也有一些人說壓力滿大的，不知道自己能不能跟得上……改完周記，我覺得跟你們終於比較靠近了！

請放心，我不會讓二〇六成為一個只顧分數的社會組A班。我的目標，是二〇六成為一個有想法、有作為、能動能靜、分工協調的快樂班級。快樂，是生活中不可或缺的成分。目前我最想達成的，就是信任你們，並且贏得你們的信任。我讀過一個稻田的故事，把良性競爭詮釋的很好。故事裡，一個農夫花錢買了上好的稻種，第一年稻穫量極佳，碩大的稻穀賣了很好的價錢。鄰家的農夫好羨慕，紛紛向他要一些稻穀來播種，以求來年也能有好收成。但是農夫拒絕了。

「這是我花錢買的稻種，為什麼要憑白無故分給你們？」

隔年，他的收成還是最好，但略遜去年。之後年復一年，稻穫量逐漸下降，穀粒越來越小，到後來和鄰家的稻米沒有兩樣。

「為什麼呢？我的稻子沒有生病，為什麼一年比一年差？」

你知道水稻是風媒花嗎？當水稻抽長、開花，每一陣夏日薰風都吹來隔壁田裡水稻的花粉，水稻授粉後也改變了這位農夫花錢買的稻種的遺傳基因；自然而然地，年復一年他的稻穀也就平庸一如鄰家的稻種了。

可敬的對手造就可敬的高手。二〇六是一片青青稻田，我們相濡以沫，從信任開始，學著造就自己的同時，也成就他人。不藏私、不耍心機，我希望信任將是二〇六成長的基石。

還有一點，在同學彼此並不熟識時，請多主動認識新朋友，而不是坐著等人來認識你。找原班老同學吃午飯固然窩心，但新同學將陪你度過未來兩年，你該學著做對未來有益的事；而不是緊守著過往、走不出來。鼓勵你的老同學多了解新班級，才能在不同的班級裡發展更寬廣的友誼。課堂上和下課時多和老師互動，其實老師很好「呼嚨」，你只要大聲點回應，就能破冰了，同學也會有樣學樣，我們就造就出想要的班級氣氛。我最喜歡因為同學的勇敢反應帶動氣氛，讓全場充滿笑聲。你也可以這麼做。那麼二〇六很快就成一個有四十三位「High咖」的班了。

這是我希望二〇六能具備的氛圍。

我們一起努力吧！我會比你們出更多力的！

97年7月21日—7月27日 慘烈的十五人十六腳

宛姿

十五人十六腳，同學們，衝啊！這是二〇六共同參與的比賽，本來還在想沒時間練習了，怎麼辦？不過練過一次後，其實也沒有很糟糕，如果大家同心協力，也是可以創造驚奇！還有，對於目前大家啦啦隊的進度真是害怕。工作都分配了，但是好像都還沒有動作！而且這禮拜身體真的超級不舒服……都覺得懶懶的，有很認真的聽老師上課，但是好像都無法傳到腦中（=.=）……

十五人十六腳，一個難忘的比賽！在練習過程中，雖然受傷的人很多，但大家真的都抱持著運動家的精神，只要受傷不大，都努力的參與練習。然而，在比賽當天，有些A組的戰友們受傷太嚴重，真的不能再跑。在情況緊急下，找了男生們來幫忙，韋傑、俊帆、柏廷，真的是辛苦了！原本還以為我們就要因此而棄權，不過我們運用午休加吃飯時間，把默契練起來了！比賽時突然覺得大家超團結，在學生活動中心裡二〇六的加油聲不斷，可是……怎想到，居然在跑步中跌倒，而我們這組更是創下練習以來最快的記錄「六秒一七」，可是就差一個人踏入終點線，我們就可以進總決賽了！而更替另一組感到難過的是，平常他們默契超好，跑得很順，但怎麼會在比賽中出錯？而他們的傷勢也是非常地嚴重……

一比完，二〇六擠滿了保健室，大家進進出出。不過慶幸的是，受傷的成員不是非常、非常的嚴重到要掛急診。在這場比賽中，雖然沒有得名，雖然受傷的人很多，雖然覺得很不服氣，但是也因為它，我們變得團結，我們變得有向心力，我們變得更愛二〇六這班級！接下來也還有更多的挑戰等著我們，在啦啦隊的助力下，我們一定會讓別班羨慕二〇六這能動能靜的班級！

To宛姿：With such a great performance, I believe we will be a super class. Thank you, Amber. You have been so involved in all the activities and you help me a lot. I'm glad to have you in 206.

97年7月21日—7月27日　連加恩的豐富人生

怡蓁

大事之一、七月二十四日（四）郭子乾來開講了囉！
大事之二、練習十五人十六腳。
大事之三、將《愛呆西非連加恩》一書看完啦！
大事之四、颱風又來了……

＊本週記事

每次只要上完英文課，總覺得腦子裡裝了不可勝數的東西，不只有英文方面的知識，尚有一些老師的經驗談。真的很羨慕老師，因為你會想盡任何辦法逐一實現自己的夢想，且擁有如此多采多姿的人生。很少人可以把夢想把持那麼久，通常都會因一些外在環境因素，而不得不把它塵封在心底，對它只徒留下無限的想像。連加恩也是個絕佳的例子。他去非洲當替代役，開拓了他的見識，看到的東西層面較不同於常人。而且他為了幫助當地的居民，嘗試了許多與醫學無關的事，譬如建孤兒院、挖水井、舊衣回收等，他的嘗試間接地豐富了他的人生。

五花八門的人生無不令人嚮往，我也不例外。以前的我曾想過平安、平凡地過每一天，但這真的是我想要的嗎？不盡然，平凡雖好，可是生活中缺少些刺激，令人感到枯燥乏味。從現在開始，我要踏出第一步，踏出屬於我自己的第一步，希望我所踏出的每一步足以精采我的人生。

To怡蓁：我相信二〇六會很精采！但願一個暑假裡，你就有突破性的表現！

Sandra週記分享2　導師最大的價值

這次週記寫了二〇六驚險的十五人十六腳競賽，讓我知道理偵的牙是怎麼歪的、新雅的額頭是怎麼腫的、以及元鈞腳上的大片擦傷是怎麼來的……當然還有其他傷兵。可惜傷兵總數不在頒獎之列，不然二〇六一定有一項第一。

看你們受傷令我心疼；不過看到你們的應變讓我讚許。當理偵受傷，旭辰跑腿請假、宛姿通報、還有同學在健康中心照料，我看到一個團隊的相互支持，這令我驕傲。僅管我不在場，你們卻能有條理地把傷兵照顧好。這樣的自動自發、協調互助是一個成功團隊的必要元素，我很高興二〇六俱備了。我在週記裡讀到活動中心裡二〇六的加油聲最大、比賽同學最拼命、臨時被拉下場的男生全力以赴……我高興我不在二〇六身邊，二〇六一樣團結。

知道嗎？導師不在時，班級的表現才是真表現。

還有一件令我高興的事：怡蓁自願擔任數學小老師。怡蓁的行為十分有擔當、十分令人敬佩，能勇於承擔，為眾人做事並從中磨練自己。宛姿協助啦啦隊編舞也是。如果這能成為二〇六的氛圍，每個人都比以往的自己更勇於承擔，你們就成長許多。不要等著被人領導，而是爭取磨練自己的機會。領導別人是個不同的視野，你一定會因此看到不一樣的風景。這才叫成長。十五人十六腳的二〇六、怡蓁和宛姿的表現，讓我對二〇六更具信心。I love what you do and how you do it.

我也想藉此說明一個觀念。我想為二〇六做只有我能做的事，而不是一直隨侍在側地陪著你們，讓我成為二〇六大大小小問題的求助對象；果真如此，你們就長不大。我必須把時間花在刀口上：設計有趣的上課教案，打週記回應，介紹好書，分享精彩人生經驗，安排演講，爭取聽演講機會，教你們時間規劃……這比我陪你們早自習、巡午休、掃地、看比賽有意義。這些都在你們的自制力可以處理的範圍內。但當你們需要我，非我不可時，我就一定會在，就像週五早上我來陪你們練習，免得教官趕你們回教室，以及邀請畢業學姐回來為你們演講。但我不想用如影隨形的陪伴證明我對二〇六的用心；我想為二〇六我做只有我能做的事，這才是我這導師存在最大的價值。

這週學姐的分享讓你更清楚接下來的路嗎？傳承，就是前人為你做過的，你也為你之後的人做。孟慧和雅馨學姐是有備而來，而雅恬負責收集問題並打字，也使得演講更符合同學所須。學姐的積極準備、臨場大方的態度，希望二〇六能吸收一二，日後也成為對學弟妹有貢獻的人。

接下來一個月的假期，希望你能善加運用，開學時我們再來分享彼此的生活。八月的啦啦隊練習，請記得我們是怎樣的班級，並做出符合這個班級應有的表現。

p.s. 把週記回應貼好。這是對你我的尊重。

開學了！二〇六高二上全記錄

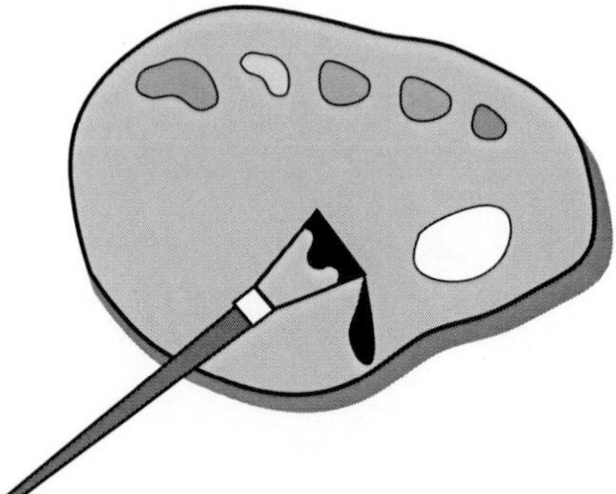

97年9月1日—9月7日　超人日誌

妍君

九月一日抽考——數、地、英、歷、公，開學第一天就考試一整天，第一次覺得開學真討厭！最近常在忙社團博覽會，準備把我們最好的一面呈現給學弟、學妹們看，讓他們想加入康輔社，於是幾乎每天都在開會、準備道具。二〇六啦啦隊也差不多只剩下一些些舞步還沒教完，要更加緊練習。希望那天比賽能做到最好，加油！

這暑假我做了不少事。因為今年暑輔在七月，所以除了一次和國中同學一起去逢甲之外，其他的事都在八月完成。八月，一結束暑輔的隔天，就是我們康輔社的幹訓，被操了兩天，很累、很慘！但卻讓我學到很多，也增進了和大家的感情。接下來，星期一我們就去了高鐵台中站做地理實察，裡面好大喔！一樓可坐高鐵、二樓就可坐台鐵，很方便呢！下午去看了啦啦隊服裝。接下來這一整個星期都在準備中級英檢的初試，八月九日考英檢。八月十二日環保義工隊暑訓——九族文化村，和凃組長還有環保義工隊的隊員一起玩。八月十五日返校打掃，中午和一年級的原班去聚餐。八月十八日是一年級原班的班遊——月眉探索世界。第一次連續玩了那麼多的遊樂設施，大概十幾種吧！那天舉行下午的水花轟炸季，還讓我們從頭溼到尾，不過真的很好玩耶！八月二十日清理社辦和開會，隔天是社團招生表演。當天要上台，真的是既興奮又緊張，幸好大家都表演得不錯，但前面的人真是太high了！真怕新生聽不到我們的台詞。

很快地到了暑假的最後一星期了，這星期只有三天出門去練啦啦隊，還去補習，其餘時間都在準備抽考。這暑假是到目前過得最充實的一次，上高中後的第一次暑假還能過得這麼盡興、玩得那麼疲累，不過真的很開心！希望開學了，升上二年級，當了學姐，能開始讓自己更加認真、負責、進步。不管暑假過得如何，不管是否覺得可惜沒有和家人出去玩，現在，就是必須讓自己收心、做好自己本分的時候了！

To妍君：這真是「超人日誌」。你是一向如此？還是這個暑假格外充實？

97年9月1日—9月7日 辛樂克，你走吧！

若綺

這禮拜大家還是一樣為了啦啦隊而練習，所有的準備都進入了倒數階段，但仍有一小部分未完成。對了！還有動作也尚未做完全，我想唯一完成的就是大家的心已團結了。加油，二〇六！讓我們一起迎接星期三吧！

今年的中秋節令我整個大傻眼：颱風的來襲，不僅將每個人的週末計畫大洗牌，甚至破壞了佳節團聚！原本英劇社星期六的表演也隨之取消，本來期待今年能和社員們一同烤肉、玩樂的心情也全都被辛樂克吹熄……

而這一整週，最令我深感慶幸的就是星期五並沒有放假，因為那一天班上排了整整四節課的時間來練啦啦隊；如果放掉的話，說真的也不知道該如何是好，或許這也是我生平第一次不希望放颱風假吧！辛樂克，我拜託你快走，請讓星期三大放晴吧！

To若綺：真是矛盾的心態，我比較希望放週二，因為我有五節課！

p.s.理偵和育伶的衝突，ＯＫ了嗎？

97年9月8日—9月14日　只能看，不能吃的烤肉

琇茹

這個假日哪也不能去，颱風的風勢和雨勢強而有力。所以呢！也就只能在家看電視，生活好空虛喔！但中秋節嘛！難免得要烤一下肉，體驗一下氣氛。我們家就烤了兩次肉。這兩天也是我最難熬的兩天，因為美味的食物在你面前，有一股衝動，想吃到飽、甚至脹死也無妨。偏偏禮拜一，啦啦隊衣服要試穿；如果不合身，必須當天自己坐車到台中換，極度的不方便！為了不讓這悲劇發生，我決定少吃些！

心在滴血啊！

To琇茹：Rome wasn't built in one day! It can't also be torn down in one day.

別急著往自己身上建羅馬城，免得屆時花時間拆。

97年9月8日—9月14日　成績這一回事兒

理偵

暑假過去了，想想自己到底做了哪些事，課外書也才看幾本，雖然我家附近圖書館都沒有老師推薦的書（超扯的），但這不是理由！只要有心人，萬事皆可達成！抽考也只是在月底臨時抱佛腳翻了兩頁，看來滿江紅可躲不過了！

我是以最後一名進這個班的。起初，我心想大概沒幾個人知道座號是依成績排下來的。後來別班也知道了這個規則，還一直詢問誰誰誰的座號，我好像無法再心平靜氣看待這件事了。

暑假最有意義就是考過英檢中級初試，但前些日子在補習班練習口說部份，卻嚴重受到打擊，深深的一擊。我的夢醒了，事實是殘酷的。我到底在幹嘛？過去的一年！

啦啦隊比賽也快到了，有時好有時壞，多多練習穩定性會更高，看別班練習時只有小貓兩三隻，就覺得二〇六好團結，可是有時候有些人就會露出一些不愉快的神情。教舞如果沒辦法教得好，心裡就會很煩躁。有一段我看了十幾次，還是找不出問題，好困擾！每天睡前啦啦，起床還是啦啦！動作、隊形、化妝、彩球，我的腦子要炸開了！

抽考國文，穩死的！好大的範圍喔！希望啦啦隊比賽當天運氣百分百，從頭到尾非常順利，那就夠了，不然一個多月的辛苦好像會變白紙。二〇六，Go！

我看過老師的部落格了，也看過您的課表了。二〇六一定可以獨當一面，不會讓老師擔心！上老師的課超棒！

To理偵：不要心態上就輸在起跑點，更別怕別人一張嘴怎麼說自己。因為我們可以掌握的是自己的行為，不是別人的言語。OK？

Sandra週記分享3　不是潑你冷水

逝去的假期，將臨的啦啦隊比賽是這次週記大家寫最多的兩件事。上週二我們拆開了暑期輔導時做的時空膠囊，看看自己完成了多少事，我很驚訝有些同學真的把那一個月過得好滿、好充實；即使有同學感嘆「計畫趕不上變化」，我仍看到這些同學向前的衝力。孩子們，有計畫，才能主動掌控時間，即使執行的不多，至少你朝著自己的目標走；沒計畫也就沒什麼變化，你就被動地接受人家要你做的，或做大家都在做的，你被事情掌控，即使想反抗也提不出理由拒絕，結果是你被事情推著走，或根本毫無目標地亂走。所以，學著去規劃時間，掌握自己的方向，別老被身邊一堆事包圍你，做得忙、盲、茫。

不要對自己的執行力失望。很少人能一次就上手，你若八月份沒做好，只因為你還需要練習。

再則，是啦啦舞比賽，大家都看到二〇六高出席率、投入的練習，也許自然而然就會覺得勝券在握，冠軍有望。嘿！這樣的目標錯了，而且有自我安慰的盲點。第一，練舞為的是培養情感及向心力，這個意義遠大於冠軍。第二，二〇六真的零缺點了嗎？大家都來練了，但每一個都百分百投入，徹底做到、做好每個動作嗎？有沒有舉不直的手、跟不上拍子，以及對下一個動作有沒有「情不自禁」的流暢？比賽總有「運氣」的問題，只有展現紮實的平日功，冠軍才可能離我們較近。不管冠軍近不近，只要用心，我們都是贏家。

孩子們，我不是潑你冷水，不要誤會。我渴望最後得到一個值得一切血汗的成果，但不能因此就以為好風總會吹向我們，那就太一廂情願了！

想想自己可不可能在肢體、節奏、表情上做得更好？更享受和二〇六相處的時光？更喜歡汗水淋漓的暢快？

二〇六的孩子，啦啦舞只是高二開始的序曲，接下來的一年，才正要展開氣勢磅礡的主旋律呢！

我很欣慰，我有你們在一起！

一起努力！

p.s.
這是璨寅老師幫忙打字。你們要記得謝謝她！

97年9月15日—9月21日　分手

琇茹

星期五下午，發生一件事，震驚了全校。

據說，是因為女生提分手，而男生生氣，用手打玻璃，結果碎玻璃刺到他的動脈，因而血流不止，最後急忙送醫急救。後來我深入了解，才知道受傷的那位同學我認識，而且他人還滿好相處，真不知道當下的他有沒有顧慮到後果。現在只能祈求他能早日康復，看開一點。

但是，最令我覺得悲哀的是十班的男生。他們還幸災樂禍的模擬情節，一個不小心，也把自己班的大門玻璃給打破了。不但如此，還要賠學校五百多元的玻璃費。真是的……

To琇茹：這就有點白痴了！

97年9月15日—9月21日　啦啦隊

怡玶

大事之一、第一次化妝，第一次穿啦啦隊服，好興奮！

大事之二、和大家共同努力做一件事，感覺很棒！

＊本週記事

星期三一早到學校，心情就非常的興奮，希望下午的啦啦舞比賽快點到來，也非常感謝第四節課外語老師給我們時間準備。洗臉、化妝的工作依序進行，尤其是老吳綁完頭髮，整個人都變了個樣，更可愛了。大家經過打扮後都變得很漂亮，就這樣比賽時間到了，操場上的大家都興奮無比，我們替五班加油！雖然是敵人，卻是非常好的關係。換到了我們，好緊張唷！成績公佈：最佳編舞獎，似乎不像是之前想要得的獎，但我們卻也因為這樣體悟了許多事情。最後編舞的同學在六藝樓前講了一些話，讓我的眼淚不受控制的一直流了下來。後來，又看到老師打給我們的回應又紅了眼眶。我好愛這個班級，二〇六永遠是最棒的！

To 怡玶：I saw your tears, and a lots of tears of the classmates, too! 206 is great.

97年9月15日—9月21日　啦啦隊之二

家安

大事之一、二〇六精采啦啦舞比賽終於落幕

大事之二、二〇六麻辣王歡樂慶功宴，好High呀！

＊本週記事

這個禮拜，有疲勞、有感動、有快樂、有失落，但這些種種經歷，已經順利的把二〇六、把大家的心給牢牢的綁在一起了。

「五味雜陳」是這次啦啦舞比賽結束後我心情的最佳寫照，我難過大家付出了這麼多卻得不到評審的肯定。但是比起難過，我更有大大的快樂！大家的網誌上都寫滿了對六班的加油打氣，就連別班的同學也都對六班的演出讚許不已，看完那些文章，我很感動，一切的練習，絕對都是值得的！

從小到大，我沒有這麼喜歡過一個班級，二〇六大概是我第一個真心愛上的吧！這次的比賽雖然結果不如預期，但我學到了更多比第一名更重要的東西^o^還有，謝謝老師，您的一席話真的帶給班上很大的鼓勵與啟發。THANK YOU VERY MUCH——

To家安：You are always welcome! 聽了真窩心！

97年9月15日—9月21日 啦啦隊之三

旭辰

關於這次的啦啦隊，我獲益良多啊！

從零到有的過程中，二〇六確實從陌生轉變為熟悉，賽前大家互助的感覺真的很棒，大家的互相提醒更是溫馨。

也非常感謝老師的幾席話……不管是賽前自我安慰的盲點，對老師說的話，同學吸收的程度總是會比我們講來得多，或是賽後對於出乎意料結果的安慰語，都對我們非常有幫助。突然發現，一件事情用不同態度去處理，隨之造成的效果也會不同。

還有感謝同學為我們四位準備的大卡片，真的有Surprise到，而且完全沒發現。

這段時光我記憶很深刻，謝謝六班。

p.s.因啦啦隊受傷的手依然很痛，看來短期是不會康復的，況且又得用左手做事，真的很不方便。

To旭辰：你也覺得老師出面事半功倍嗎？真正個功臣是你們四位啊！身體是一輩子的工具，要好好珍惜。

Lin的回應：沒敷藥時記得用繃帶or護腕做事、保護，盡可能休息才能盡快復原。

Sandra週記分享4　妳會少愛二〇六少一點嗎？

沒想到我要這麼早就跟你們談「人生常是不盡如人意，盡其在我更重要」的問題。今天回到家裡，我把的錄影帶全看了一次，找到了音樂出問題的地方，看到你們開心地歡呼，然後靜儀難過落淚，宣佈二〇七冠軍時你們不知何以面對的表情。我看到很多。直到現在我打字時，我的不捨仍和名次宣佈時一樣難以釋懷。一路上開車時，我都在想著你們。我在想，該怎麼說，才會讓你們不要那麼難過？

你們知道嗎？就算只得到最佳編舞獎，我還是會去借攝影機幫你們錄影，站在高高的台上，頂著大太陽幫你們攝影。

就算只得到最佳編舞獎，我還是會為宛姿、旭辰、理偵、若綺做大大張的卡片，為他們策劃一個大驚喜。

就算只得到最佳編舞獎，我還是會叮嚀慶功後早點回家，節省體力面對隔天的課堂，掛心你們是不是一個個都回家了？

就算只得到最佳編舞獎，我還是認為你們已用盡全心全意，覺得二〇六是個值得我悉心疼愛的班級。你們沒有第一名，並不會減損你們在我心中的地位。我看到的你們已經沒有什麼可以讓我說「早知道……」或「其實……」，所以我沒什麼好遺憾，也不覺得錯過什麼，只是覺得可惜，覺得捨不得你們而已。看看宛姿、旭辰、理偵、若綺，他們哪裡付出不夠嗎？四十三位同學還要借更多堂課練習才夠嗎？我們不是把我們可以給二〇六的都給二〇六了？那麼即使結果不盡如人意，我們應該了無遺憾才是。

你會因為只得到最佳編舞獎，而否定二〇六什麼嗎？你會因此愛二〇六少一點，少感激宛姿、旭辰、理偵、若綺一點嗎？我不會。你會嗎？假如我們的答案都是很肯定的「不會！」那這場啦啦隊比賽對二〇六而言就有足夠的意義了！我承認一面錦旗和麥克風對眾人的宣佈，會讓成功的快樂增加一百倍，但我們二〇六團結一致這一點上的成功並不因為缺了冠軍錦旗而抹滅。那是一百裡面最重要的一，沒有一，後面加再多〇都等於〇。

所以，我看重那個一勝過後面的兩個〇。你呢？

學著看到事件中最珍貴、最重要的部分，而不是盯著瑕疵看，我們才能從最有力的地方再出發。人生中不盡如人意的事確實存在，也常發生，啦啦隊比賽只是其中一件而已。我打算永遠記得你們全力以赴的臉，而不是成績宣佈時的表情，因為「認真」的臉是最美的。

想想我怎麼樣疼愛你們；想想二〇六怎麼樣團結互助；想想我們多麼相信彼此。這世上本來就存在著不公平和時運不濟，但花朵並不因此不香，星星並不因此不亮。若真要說不公平，二〇八班倉促成軍才一個月就要投入比賽，不是比我們更值得同情？

這個經驗教了我們很特別的一課。我學到很多，你呢？

p.s. 我一定要告訴你們：你們化了妝，漂亮地讓我幾乎都認不出來了！

97年9月22日—9月28日　大肚山的那一邊

佑阡

一週大事

秘密計劃：慶祝教師節

星期五的英文課，大家神秘兮兮到視聽教室預備驚喜，每個人都盡己所能縮成一團躲在椅子後面等待老師進來（情緒超緊張、超興奮欸！哈^^）。

終於，Sandra和璙寅老師進來了！（啟動驚喜按鈕！）

Surprise! Happy Teacher's Day!

接著，我們唱歌送禮物。在老師尖叫的那一刻，大家都好開心哦^^（老師那聲尖叫很有感染力^^）

老師——教師節快樂哦！二〇六愛妳哦^^

去台中市補習後，才了解到自己的能力是多麼渺小！每次英檢課輪到外師Greg上課時，這種感覺會特別明顯，城鄉差距影響到競爭力。看台中市的學生英文使用得很流利，回答老師問題時快又自然，自己則是慢又遲頓。人外有人，天外有天，所謂一山還有一山高，大概就是這樣子。太滿足於現況，就無法催促自己再往前邁進。就像Randy Pausch所說的：「那道阻礙你的高牆，是要考驗你有多麼渴望一件東西。」所以啊，為了我的夢想，我要穿越那面高牆！！

陳佑阡，Go！希望我的未來不是夢！

To佑阡：你做得到的！早點跨過大肚山，走出台中盆地！

97年9月22日—9月28日 驚喜教師節

怡蓁

大事之一、九月二十二日體育課測八百公尺。
大事之二、九月二十三日量身高體重。
大事之三、九月二十六日替Sandra和璨寅老師提前慶祝教師節。

＊本週記事

測八百公尺之前，並未料想到我會跑超過五分鐘，哎！需要的時間一次比一次還多。我覺得我們班大部分女生的體力都還不錯喲！

二十四號那天聽到Sandra說：「我們要不要來寫屬於我們班的書？」當下就想馬上答ＹＥＳ。一定會很有趣；而且我不太相信我的記憶力，連寫一週大事都要想老半天了，更何況是滿滿的一整年呢？班上每個同學也一定會想要的，這是件新鮮的事，而且又可以為自己的高二生活留下精采的全記錄。

原本要在二十六號的自習課替你們慶祝教師節的，但我們班的自習課早就調走了。幸好靜儀他們想到了對策：「在上課前給你們一個Big Surprise。」躲起來的時候真有點擔心，我的頭會不會被看到？老師不知道會有什麼反應？我會不會出錯？呼！這一切都是多慮的，蠻完美的。其實，老師們好像只要聽到學生對他們說聲：「教師節快樂！」內心就會很愉悅耶！

在此再向Sandra說聲：「Happy Teacher's Day！」看到我的卡片有沒有嚇到啊？裡面貼了很多我的名字！有同學說：「你是怕老師忘記你喔！」既然要貼貼紙，另類一點比較有創意嘛！

To怡蓁：沒錯！你說對了！

Lin的回覆：YES，謝謝！很棒，很感動！

97年9月22日—9月28日　體育課的八百公尺

怡婷

教師節快樂呀！

星期二體育課跑八百公尺，在開始跑前，突然好想上廁所（明明才剛上完！）在跑的過程，試著想調整好自己呼吸的方式，也告訴自己不能停下來，一停下來會怠惰。跑完了，好累，不過，很開心全程八百公尺，我沒有停下來，我做到了！後來看到您在跑操場，跑了好久都沒有停下來而且又是跑最外圍，我真的好佩服啊！星期五上課時您也跟我們說明您的身體狀況，聽了有些感觸，因為親人也曾經發生過，當時的我覺得好無助，不過最後還好，只需定期去做檢查就好了。

老師，記得要適當休息，不要太累喔！

To怡婷：謝謝！你要持續下去。加油喔！

97年9月29日—10月5日　倒下

俊帆

星期三楊照開講，主題為「大師，大器，余光中」，雖然我比較喜歡讀白先勇先生的小說，但這並不影響到我對它的興致。

一開始，楊照先生先引用了俄國作家的作品來說明語言與詩的奇妙關係；之後便話鋒一轉，開始大提特提余光中先生的詩，至此我便不醒人事了。途中被理偵大姊打醒六次，然而我卻倒下了七次，所以就沒有下文了。

To俊帆：是啊！文學就死在打瞌睡之處。

Lin的回覆：沒關係，我當天有幫忙老師錄影，你若想聽，告訴我，我想辦法借來給你。

Sandra 週記分享5　文學的觸感

這是在聽楊照演講時擬的大綱。因為我精神不濟，又企圖清醒過來，只好強迫自己動筆寫東西。楊照不是講的不好，是我沒睡午覺，很難聚精會神撐過兩小時。

任何精彩的事，只要預備不夠，都難嚐其中的精采。

妳們的週記寫著上週五的教師節Surprise! Yes. I was surprised a lot by you。我的surprise來自：成軍不到三個月的班級竟可以如此地凝聚在一起！我的欣喜也來自於此。而且你們的卡片告訴我自相處以來你們個別對我的感受！謝謝你們對我如此真誠。真誠，是你我關係中最值得珍藏的一部份。璨寅老師說，收了禮物後的周末，她想到這事都會不自覺傻笑；而我，至少把每張卡片都看了三遍！怎樣？有沒有滿足你的虛榮心？

Surprise之後，我要定力很高，才能將原先排列的進度一一完成，包括播放影片，介紹深深打動我的謝依旻。不凡的人必有其特質，成就他的不凡。我希望謝依旻能成為你們心底很深沉的一股力量。當你覺得關卡難度，當你覺得孤寂一人，當你舉目望去看不到前行的目標時，都不要忘記「還有下半盤！」這樣的積極與堅忍。

今天楊照來，也引發了我想對你們說說文學的觸感，表面上我在說外文系讀些什麼；實際上，我在點醒你們要當個感官敏銳的人，因為這些感官足以決定一個人的精神生活貧富。如同有人聞得到自然花香，有人只聞得到人工香水；有人感受到秋涼，有人卻遲頓地著涼。雨滴落下前，空氣中的潮濕和溫潤；一個女子頗有意味的看著你的眼神；小葉欖仁隨風灑落的黃金雨；宣告夏季來臨的第一聲蟬鳴……就是有人感覺得到，有人感受不到。這基本的感受力就是一種體驗生活美感的能力。不論你讀不讀文學，都要培養體驗四季變化和觀察大自然奧妙的能力，這些，會成為美的鑑賞力。

文學之於我，則是使我精神食糧不虞匱乏的寶庫。不論悲喜苦樂，每個人的自我、在每個時期中，只能用一種方式去完成；如同我現在是老師，就無法化成Office lady一樣。但藉著閱讀，藉著文學，我可以幻想我是那苦命的茶花女，或是叛逆的卡門，古墓的小龍女，甚至海角七號的友子。試想我們沉醉於一個又一個故事，不就是因為我們已悄悄的將我們心底的期許、認同或遺憾，投射在我們選定的那個角色上？用這種方法，我們可以穿越時空、活上好幾輩子……

文學是如此豐富了我的生命，把我引進一個多麼多采多姿的殿堂。為此，我希望提高你們閱讀的量，才好墊高自己的高度，看到更寬廣的視野。多希望你的世界也可以如此豐富！

期中考在即，我也希望你們能因著深入書本、考題，體會到「透徹理解」的成就感：證明自己可以把似懂非懂的觀念真正讀懂，在作題時勢如破竹般過關斬將，並從中享受謝依旻輸棋連輸了五、六個月後、和趙治勳老師下棋才重新拾回棋局的快樂。身為讀書人，求知的快樂應是我們讀書的原動力，無關分數，無關升學與考試，單單只因為我們享受學習。

我相信你們一定能體會的。

97年10月6日—10月12日　期中考暫停一周

家長信函1　班級經營觀念分享

各位家長：

九月二十七日的親師座談會結束，二〇六先後來了十四位家長，我們聊了大約兩小時，看了一些孩子在學校的照片、分享二〇六的大事記以及每週週記分享，讓家長多知道孩子在校的情況。我發現家長們大多關心孩子全面的成長，多過於對成績的要求，這點讓我很欣喜，因為我重視孩子的生活能力，希望他們高中畢業前，能培養好在大學獨立生活及進入社會後自我調適的能力，這勝過二〇六上國立大學的百分比。也正因此，自從我接二〇六至今，我努力經營二〇六成為一個快樂、積極、互助互信的學習團體。至今，孩子和我相處的極為融洽，班上同學向心力很強、很團結。才三個月，二〇六堅實地固若金湯。

座談會上我感受到家長們對孩子殷殷的關切，於是我將原本預計期中考後才要寄出的家長信函，提前交給孩子帶回給各位家長，希望藉此讓家長們知道我對孩子們的引導，進而放心，給孩子耐心和空間好好成長學習。

開學至今，我一直都在教孩子時間規劃。每週五叮嚀孩子們排定週末時段，每週一來校，我會關心他們執行了多少預定做的事，建立他們把事情一件件完成的成就感。以週休二日為例，我教他們把週六、週日各劃分為早、午、晚三個時段，每個時段規劃出三小時，如此連週五晚上週末就有七個時段，共計二十一個小時可供利用。先扣除補習、家務、社團活動的時間，再排出可利用的時段與時數。接下來，把該準備的小考、作業、預習、複習等一一列出，排入可供利用的時段裡，一一做完、一一劃去。這樣做，有幾個好處：第一，孩子該讀的也讀了，該玩的也玩了，該完成的也完成了，週末變得很豐富。第二，因為扣除玩樂的時間，孩子會更有效率地應用有限時間。把所有時間拿來念書，不見得會念到最好，讀得有效率才會讀到最好。要讀得有效率，一是靠興趣、二是靠自我期許、三是壓力。在一定時間內完成一件工作，所帶來的時間壓力當有助於提高效率。第三，孩子可藉此學會積極地安排時間，為高二高三繁忙的生活預做準備。目前，已有一些孩子正在用這樣的模式規劃他們的周末，也建議你若有些家庭活動，不妨事先告訴孩子，讓他列入時間規劃。

七個時段共計二十一個小時，不應該全用在讀書上，這樣書也許讀出了一些成果，卻犧牲了高中生應有的多采與豐富。同時也使孩子只重學業成績，卻忽略了獨立思考、人際關係的能力。卡內基大學曾調查過該校畢業之後十年有成的青年才俊，問這些成功人士他們成功的關鍵是什麼？只有百分之十五回答專案知識。超過百分之八十的人回答，他們成功的關鍵在於良好的人際關係，協調團隊合作的能力、激勵他人的能力以及其它等等。我相信孩子與各位家長要的，是孩子全面的成長，而不只是學業上的成就。讓孩子開始著手規劃自己的時間，是很重要的一門功課。

及至上週，學校已將第一次抽考成績寄發，請你收到成績單時多留意孩子的全校排名。所有成績，記得看他在社會組當中的總體表現，而不是班上排名。孩子的成績應該和班上平均相比，不要用九十分、或以為地理歷史都用背的就可以高分的刻版印象去看孩子的成績。所以，當期中考成績出爐，不妨請同學與家長們把這當成是檢驗自己讀書方法、時間規劃的機會。考得好，我們拍手歡喜；若考不好，與其情緒低落與責備，都不如確實找出改進的方法來得積極。孩子應趁此時間調整自己的讀書方法和時間規劃。應該一步步學習，而不是不斷強調分數、排名，投注全部的時間只為贏得第一。學業的最高峰應不能保証人生的最高峰。請家長要有耐心了解孩子通盤的狀況，不要用成績論定一切。

在觀念的教導上，我藉著每週的週記分享做深入的溝通和教導。分享內容全刊在我個人的部落格上，你可以用信函下方我的通訊錄資料上所附的網址深入了解。假如你希望得到紙本，請告訴孩子，我會為你多準備一份由孩子攜回，請你不必客氣，我很樂意與家長分享二〇〇六的點點滴滴。

附上二〇〇六暑期至今的大事記，記錄孩子學校生活。感謝育伶費心撰寫，盼藉此你和孩子多一個話題。您的孩子在成長的路上，需要您的鼓勵與陪伴，請您多觀察孩子，多聽聽他的學校生活，若有我能從中協助的部份，請不吝來電，我們多討論。你也多鼓勵孩子，當他對自己有要求、有期望，我們當長輩的就不需再加以責求了，反之是給予更多鼓勵與提醒（愛心的提醒哦！）。讓他向上的動力來自內心，而不是迫於外在，這樣念書比較會主動快樂。

為節省郵資，本信函由學生攜回。請您在下列回條簽名，表示有收到信函。若您有任何意見或疑問，也請您利用意見欄反應，我將盡快處理或解答。謝謝家長的支持。秋涼了，請注意保重身體。

二〇〇六導師王淑敏　10/07

7/7（一）	新二〇六成立，四十三位同學初相逢，猶不見班導，聽代課老師說班導還在北歐，尚未返抵國門。
7/8（二）	經數學老師催化後，臨時幹部出爐，執掌班務，一個獨立自主的開始。
7/9（三）	Sandra班導終於神秘現身，第一堂課全程英文上課，投下一枚震撼彈。
7/18（五）	鳳凰颱風來勢洶洶，放假一天，普天同慶！
7/25（五）	1. 驚險的班際十五人十六腳比賽，大家摔得四腳朝天。理偵的牙歪了，新雅的頭腫了，傷兵與慰問人士擠滿保健室。 2. 數學老師誠徵助手一名，苦候兩天乏人問津，怡蓁挺身而出，擔任數學小老師，為眾人做事並從中磨練自己，勇氣可佳！
7/30（三）	Sandra教過的兩位學生，孟慧和雅馨學姊，大駕光臨二〇六，分享讀書經驗，同學們驚覺大學和自己如此接近。
8/1（五）	二〇六寫下自己的時空膠囊，計畫一個月要完成的大事。
8/2（六）	暑假，正式登場，放一個月。
9/1（一）	開學，國、英、數、地、歷、公六科大抽考，考得昏天暗地，七葷八素。
9/2（二）	開啟時空膠囊，兩堂課中四十三位同學相互分享暑期完成的事，思考自己的時空膠囊有多少執行力，期許下次會更好。
9/3（三）	小劉（育伶）生日，收到大家滿滿的祝福，尤其是新雅送的香水百合，當場令壽星感動到眼眶泛紅。
9/4（四）	二〇六的六位勇士與鬼屋般的男廁奮戰，終結小山般的垃圾、碎玻璃及噁心無比的馬桶。英勇程度值得Sandra與三十七位女生頒發黃金獎章。
9/5（五）	Sandra教導週末七段式時間安排，同學養成規劃時間的習慣。

9/10（三）	社團博覽會，二〇六許多同學擔任社團中堅份子，無不使盡渾身解數十八般武藝，為社團招生。
9/17（三）	1.啦啦舞比賽隆重登場。一個多月的辛勤苦練，二〇六舞出了一面「最佳編舞獎」！二〇六開心地歡呼尖叫。然而獲知與冠軍無緣時難過落淚，卻不知何以面對。二〇六盡力了，在團結互助、相信彼此作到盡善盡美。賽後獻上給宛姿、旭辰、理偵、若綺大驚喜，並遞上代表全班心意的、大大張的溫馨卡片。 2.當晚於沙鹿麻辣王慶功。同時也是五寶（欣澔）的生日，我們利用麻辣王的小蛋糕排成金字塔送給他，並為他唱生日快樂歌。
9/17—19	各班因啦啦舞比賽名次在部落格上爆發激烈口水戰。二〇六和二〇五也因比賽締結了袍澤友誼。週五Sandra週記分享，針對啦啦舞比賽真正意義與二〇六同學深入剖析，全班因此有成熟處事的觀點。
9/26（五）	二〇六為Sandra和璆寅老師驚喜過節，祝賀他們教師節快樂。Sandra拆開禮物時當場驚聲尖叫，全班High翻天，開心拍照留念。Sandra情不自禁透露個人小秘密，璆寅老師則得了傻笑後遺症。二〇六後將花束獻給周四被刀驚嚇的公民科美惠老師，為老師加油打氣。
9/27（六）	十四位家長蒞臨班親會。雅恬率同學為教室佈置辛苦趕工，樂趣無窮。

97年10月13日—10月19日　麻辣王慶功

育伶

期中考結束了！雖然總排名還沒出來，但我想我是考不好了！

考完第二天，我和新雅、小江他們去麻辣王吃飯，隨著肚子的填飽，心情更是down……照理說，是該放鬆、玩一下，但我的心情卻莫名的低落。我想大哭，我想大叫。曾經，我的夢想是考上外語系，我也很喜歡英文，不過自從上了高二後，我才知道自己的能力不過如此，憑什麼和大家角逐外語系呢？我不曉得自己的專長、自己的興趣、自己的目標在哪？更不曉得我現在到底在做什麼！其實寫這篇週記的同時，我剛大哭過，感覺身心都好疲累，但我堅持還是要把這種不舒服，累積已久的情緒馬上記下來，我真的就只是如此嗎？讀書這條路真的是適合我的嗎？我不曉得……我只知道在二〇六帶給我的歡笑和淚水總是特別多。

To育伶：還有兩年的時間，你擔心什麼？有志氣就拿出行動來拚啊！試想，你若不在二〇六，現今會更上層樓？還是更輕鬆？站穩現在的步伐，然後起跑。王建民說的：「努力，就是不斷的努力。」三六五天乘二等於好長一段時間，你可以追趕，然後超前！

97年10月13日—10月19日　爵士音樂節飆薩克斯風

喬荃

大事之一、月考考完了，感覺心裡放下一塊大石頭。

大事之二、星期五英文課上棒球，Sandra把美國職棒搬到教室來，藉由Sandra激動的實況轉播，感覺眼前就像現場一樣，好High！

大事之三、在十月十八日時，到市民廣場參加「千人齊鳴，飆薩克斯風」的活動，和爵士音樂節的開幕式。

＊本週記事

還好星期三社團活動，遇到教練，才知道有「千人齊鳴，飆薩克斯風」的活動。我好興奮！一回家就迫不及待上網報名，說什麼也要去參加！爸爸媽媽很支持，也願意接送我們，並且幫我拍照留念，真是感恩啊！

十月十八日早上，社團團練完，一行人就大包小包的準備出發囉！到了市民廣場，看到各式各樣的薩克斯風，又更加的興奮了。當全部薩克斯風手聚在一起吹奏時，聲勢非常浩大，也很壯觀，我都起雞皮疙瘩了，只能說：「天哪！我真是來得太對了！」

我喜歡這種感覺，這是一個非常難得的經驗。一生可能就這麼一次，能和這麼多薩克斯風的愛好者聚在一起，還一起創了世界紀錄！其實原本的人數還無法破紀錄，大家情緒也有些失望；但是到最後，市長宣佈總共有九百一十八枝薩克斯風時，全部參與者不約而同的一起吹一個音，表示我們好高興，還一起把我們的樂器舉高，由專業攝影師拍照留念。如果問我們吹得如何，我們會說：「世界記錄啦！」（胡市長教的啦！）

To 喬荃：I can feel my husband's excitement. He did something he had desired for a very long time. I am glad we were there for him. I go to Jazz Festival every year, and I 'll go there in the future, too. I might meet you there sometime, right?

Sandra週記分享6 有K有玩，鬆緊有序

第一次期中考終於結束了，不論結果如何，你應該都鬆了一口氣，這個週末可以輕鬆一下了。我很好奇：你想怎樣度過這個週末？

記得考前我叫你們把心裡騷動不安、蠢蠢欲動的慾望記錄下來嗎？這週末正是滿足個人慾望的好機會。你想去看海角七號？趕快約人！順便在看電影前後泡一下書局。中友誠品和勤美誠品都是不錯的選擇。另外，台中爵士音樂節也將在週六登場，我們一家人週六要去市民廣場看表演，我先生要去那兒吹薩克斯風，建議你也可以去湊熱鬧。當然，在這秋涼的季節，郊外是一定得去的。上週我們全家從西屯騎腳踏車到潭子，完成來回三十六公里的壯舉。感覺很不錯喔！

你得為想做的事認真分配時間、用心達成，這也是一種執行力。辛苦唸書之後，總得善待自己，如此鬆緊之間才能協調。我最怕只會讀書或只會玩的同學，或在不該玩的時候玩、在讀不完的時候讀，日子過得驚險萬分。所以想想你的周末要怎麼過，才會讓你週一電力滿滿？

昨天有一件事令我很高興：好多同學都自願幫忙打英文單字四千字卡。光這一點就讓我炫耀很久。我感覺到同學熱心做一件利人利己、絕對雙贏的事，而非斤斤計較誰多做、誰少做。如果大家都只想要單字卡卻沒人能付出，只指望老師，我想那個老師一定很想死，但你們的主動是讓我爽得

要死！試問有多少班級可以做得到？責任分派成了自願認領，是一個互信互助團體的特色。這讓我越來越愛二〇六了！

附上一個表格，請心裡唱著任賢齊的「再出發」，充滿力量地為下一次的期中考再出發吧！

請剪下表格，黏貼在周記一周大事下方。

參考文字：帥呆了！不錯！搥心肝！病入膏肓！：）、：（、orz

科目	自我評估	更上層樓的方法
國文		
英文		
數學		
歷史		
地理		
公民		

97年10月20日—10月26日 鰲峰山地景藝術

雅恬

上個週末六、日及這個週末六、日，我們美術社有個重大的任務，就是和「顏名宏」大師合作，在鰲峰山做地景藝術。我們協助他，也設計我們自己的作品，超讚！從本來根本不知「地景藝術」是啥，到可以一起花心思去完成，感覺真的很棒！雖然很花時間，但收穫真的很多，這是在學校這麼久都沒有辦法嘗試到的經驗；而且十一月一日還要配合活動讓大家一起欣賞這作品，超興奮的啦！像「麥田圈」這種地景藝術，在經過這兩天的實做後，我覺得麥田圈有可能是當時瘋狂的藝術家們完成的偉大作品呢！

製作期間，我們會和大學生聊聊他們的學校生活，感覺非常的新鮮。也有很多清水當地人問我們在做什麼，我們就得跟他們做一些解釋，很有趣。還有在嘉陽任教外語的加拿大人，他本來是任教美術的，跟我們聊了一堆，還彼此互相認識、拍照，他還說十一月一日要來欣賞我們的作品，我們超開心的！很精彩的週末！

連續兩個週末六、日，我們都在鰲峰山上做地景藝術。我們一開始用手動鋸子鋸竹子。那是一份很辛苦的工作，我們沒有使用工具的經驗，所以在熟悉工具方面花很多時間，然後才慢慢上手；然後就一直忙忙忙，一下子鋸竹子，一下子鑽洞。時間過得很快，太陽像在賽跑一樣，一下從東跑到西，讓我們愈來愈緊張，好險在星期日下午如期完成。

但很不幸的事發生了！超頑皮的小六生把我們的作品硬生生的扯了下來，我們當場眼淚飆出，超憤怒的感覺！但憤怒和眼淚是沒用的，所以我們請老師來幫忙想挽救的辦法。好險後來想出了策略，但還是沒有當初剛完成的完美，超可惜！幸好我們事前有拍照記錄。但一想到這作品下星期日還要展覽，就感到整個超「嘔」的！

Sandra週記分享7　握住選擇權

這週是我帶二〇六以來第一次全程陪二〇六開班會，覺得很新鮮。第一次看到股長報告事項，參與班務的決定，還有很不錯的讀書報告。希望我沒有以導師的身份影響太多的班務決定，而是就大家已決的班務提出「大人」的看法，也希望讓你多看到另一種角度和高度。

週三三節課與你們共度，我們談的有一個共通點：選擇權。選擇領導與被領導，如何領導；選擇怎麼解決便當問題，如何回答讀書報告時同學提出的問題；選擇何時舉手回答老師的問題，然後坐到安全區……再來的兩年，我會一直要你思考、要你選擇；因為人生就是一連串的選擇。小從選擇早餐吃什麼，大至選擇你的人生伴侶。假如你沒有很了解自己，知道自己愛什麼？怕什麼？該突破什麼？那麼人生就只是一連串被動地接受事件發生，聽來不免悲哀。雖說人生不是你選什麼就能得到什麼，但在「擇你所愛，愛你所擇」的過程中，你會為所愛挺過考驗與煎熬，你也因此成長。從握住選擇權開始，我期望你們從「被動默從」中走出來，學著建立「主動、積極」的個性，這將對你一生有益。

再來，我希望你們都能勇敢一點。我承認人都需要一個安全可以信賴的環境，才能放心地做各項嘗試，突破極限。校園就是了！二〇六就是了！在校園嘗試失敗，不必記過、免職。在二〇六，大家即使發出笑聲，也不是笑你的錯，而是開心意料外的結果。請把你的介意留在門口，不要帶進二〇六的教室。放心問老師問題，放膽回答問題，放心爭取小試身手的機會，不要永遠左看右看來決定自己要怎麼辦。如此，你學不會為你「心裏的聲音」而堅持，你會屈服於輿論、多數人的意見、長輩的期望，而不是照著你心裡真正的想法去做。你希望你自己這樣嗎？這又是個選擇權的問題，

相信我，如果你知道自己真正想要什麼，並用實際行動爭取，不論困難多大都堅持下去，為自己真正的想望行動並負責，你的人生不會因此一帆風順，但你一定不再茫然，絕對踏實許多！

知道嗎？我一直有權利選擇我要當個怎樣的老師，選擇我要讓我的學生從我身上看到什麼，選擇我要在你們的生命中留下什麼樣的形象！

我一直在為我的所愛發光，那就是我、我的家人、還有我的二〇六！我不再抱怨學校給我過多的負擔，不再抱怨我的腦下垂體。我選擇我面對的態度。我選擇面對陽光，讓影子落在身後。I am a sunflower, blooming for whom I love and whom I am loved by. And, I love you!

p.s.再送你們一句話：做為一個有創意的人，永遠要有選項外的作法。

Lin的回覆：第一次以「老師」身份開班會，很奇特、很新鮮。如同Sandra的週記分享，我們在課堂上也提及「生涯規劃與抉擇」，而在這部分相信在Sandra帶領之下，你們會更加知道自己要什麼。週三的讀報照片我放在二〇六的部落格上了，希望之後報告的同學能拿起書本的封面讓相官照相，謝謝。我發現二〇六私下很活潑，希望在課堂上的表現也如此，且主動積極。期望下週三，我試教上課時，二〇六的歌王或歌后能幫我唱歌，I need your help.

97年10月27日—11月2日　皮鞋不能穿了

宇妏

星期六，我去看牙醫，順便把我的皮鞋拿去給鞋匠修理，沒想到他居然說：「這個已經不能再修理了！」因為之前壞掉過，拿去修理過一次，所以它已經不堪負荷了！好捨不得喔！

咦？好奇怪！這是我第一次對一雙鞋子那麼依依不捨！後來想想，好像是因為它已經陪我走了一大半的高中生活，留下許多回憶，我得承認！高中生活是我最不想忘記的！而這雙鞋子裡有許多屬於我的高中回憶！不單單只有臭腳丫的味道唷！多希望能繼續穿著它！感覺時間好像不多了！要好好把握！

To宇妏：高中三年至此，才過一年半！還有一半風景呢！

97年10月27日—11月2日　擔任義工老師

禎蔚

小型班遊：欣賞鰲峰山的藝術創作成品。

午休時刻，教室裡頭瀰漫著一股香香的氣味，是防曬乳散發的味道，大家都為了避免自己的皮膚變黑，猛擦著防曬乳，皮膚上都蓋了一層厚厚的防曬油。在體育組前集合完畢，出了校門之後，漸漸的，我們的隊伍變得越來越長——越來越長，路旁經過的人看到應該覺得很壯觀吧！因為，一群人走在街上，還穿著一模一樣粉紅色的體育服，看起來也不像是進香團呀！

費了九牛二虎之力終於爬到了樓梯的最頂端，上氣不接下氣又流了好多汗，接著，眼前出現了一顆大樹，這棵樹的名字叫吉貝樹，又有另外一個名稱叫作美人樹，每一枝樹梢都綴滿了紫色的花朵，整棵樹看起來超漂亮的。終於，走到了鰲峰山，綠草如茵的地上都擺著一座座大型的藝術創作成品，每一個都令人有新奇的感覺；其中，我最喜歡的大概就是高掛在天空中的那張椅子了吧！很有巧思，不過，坐上去應該整個就垮掉了，不然，坐在上面的視野應該很不錯吧，俯瞰整個大地。

這禮拜六到清水國小當義工，做小朋友的家教老師；因為是第一天，所以，都還不知道要教哪個小朋友，希望是一個性情很乖的小孩子。在因緣際會下，我教到的是一個白白肥肥、胖胖QQ的小朋友，長得很可愛的小男生；一開始，他都不跟我講話，乖乖的坐著寫作業，真是……好認真的小孩子，只有我一個人在那邊自high、自言自語，他都不理我；不過，慢慢的他會主動跟我講話、聊天；我們的任務是要教小朋友課業，有問題要把他教會，但是，教著教著，我們就開始玩起來了……第一次嘗試當老師的感覺，好玩又新鮮；想起自己國小時無憂無慮的生活，對比現在課業繁忙的高中生活，真的是差好多！

To禎蔚：這不錯！累積一點不同經驗。Great!

97年10月27日—11月2日 將心比心

佩珊

大事之一、星期一的抽考讓我意識到：考試真的不能太寬待自己，每一次考試都要用心準備。

大事之二、這禮拜為自己報名英檢，我會好好準備，還有兩個月，加油！

大事之三、最近報告很多，要開始著手規劃，真怕到時候全部混在一起。

大事之四、星期五的戶外教學超開心，過得很充實，也有很棒的回憶。

＊本週記事

最近因為國文老師總在星期三早修來監考的關係，老師跟我們說了「考試不能太寬待自己」這結論，因為我不是小老師，所以我想我要學得就是準時考試；而且我沒有外務，在這方面我自認為就做得還不錯。我想如果每個人都能確實做到，不只自己考試有效果，對小老師來說也會輕鬆很多，不然要應付老師又要催促同學，也是很累人的。每個人都有機會做到幹部，更要將心比心。

星期五郊遊是我第一次到鰲峰山，爬那幾百層的階梯，其實還滿過癮的，搶先看到地景藝術節，每一樣作品都令人驚喜，一大片草原真的很舒服。吃吃喝喝後再回清中，真的是大滿足！謝謝班上幹部和蔡爸爸、蔡媽媽，讓我第一次感受到清水的不一樣，是個很棒的回憶，用上課時間出去，更有忙裡偷閒的感覺。

To佩珊：翹課的快樂，遠大於放假！

97年10月27日—11月2日 被告白了

俐蓉

自從快快樂樂的爬山之旅後，整個好運消失殆盡……是所謂盛極必衰嗎？其實是有一個重大原因：一個算是認識很久的男生。先說明一下我眼中的我們倆人的關係：揮之不去的孽緣！或許他不是這麼想的，所以，他竟然跟我告白！我傻眼了，當然有那種隱隱的火生了起來（搞什麼飛機呀!?）我，摸不著頭緒到底是為什麼？所以，當然一口回絕，但他好像搞不清楚，一直煩我；我真的受不了，非常兇悍地狠狠刮他一頓！唉！我知道不應該這麼做，但我就是做了呀！這樣就算了，禮拜三健康課時，璨寅老師竟然又提到婚姻這可怕的話題！（天要亡我呀!?）不斷的shock我，不知道為什麼好像一直提到這個問題呀！

只要是人，一定會面對這種事，然而，我最不會、最不足的就是處理這個問題！心裡老想著不可以這樣，但，真正的作法卻跟正確作法背道而馳！不想失去原來的情誼，但卻自己打破；告訴自己不要造成兩敗俱傷，卻還是傷了他。（他比較嚴重！）真搞不懂，告白是一定會使你快樂嗎？我不會回應，也不知如何維持！怎樣是周全的作法？我想我要好好參透它！（我真的很討厭告白！）

To俐蓉：冷處理吧！你和他都最好靜一靜！祝你早日康復！

Lin的回覆：你很像學生時代的我耶！有機會說給你聽！

Sandra週記分享8　優先順序

如果你太早在生活中放入錯誤的事項，它很快地就成為你生活的全部，你就再也抽不出時間關注真正重要的事了。

阿桃老師在畢業典禮上講了一個小故事勉勵所有畢業生。故事是這樣的：

有一位老師拿了一個玻璃罐以及一袋小石子，當著學生的面把小石子一顆接著一顆放入玻璃罐中，直到滿到罐子口才停手。他問台下的學生：

「這個罐子滿了嗎？」

「滿了！」學生全都異口同聲地回答。

「是嗎？」

老師又拿出一袋細沙，小心翼翼地將細沙倒入玻璃罐。他再問學生：

「這個罐子滿了嗎？」

「滿了！」聲音變小了，但沒有人說出不一樣的答案。

「哦？是嗎？」

老師接著又拿出一小罐清水，徐徐將清水注入玻璃罐，水位漸漸升高，直到滿到罐口。此時，他再問學生：

「這個罐子滿了嗎？」

台下悄然無聲。

「這時，這個罐子才真的滿了！」老師接著說，台下一片專注。

「同學們，你們永遠都有進步的空間。不要看似完成一個階段的學業就洋洋得意，自以為高人一等。不要以為完成了一個階段，自己就到達終點了，不需要再努力了。只有一次又一次全神貫注地找出自己的不足，並努力填滿，才是真正的豐富飽滿。」

日前，我讀到同樣的故事，卻是另一個外國詮釋的結論。

「同學們，倒入細沙就不可能再裝進小石子；注入清水就不可能再擺進細沙與石子。一天當中的二十四小時也是一樣。當你讓無足輕重、瑣碎的小事佔滿你生活中大部分的時光，你就再也無暇去關注思考人生中真正重要的課題。當你花了一堆時間整理你的髮型、化妝和穿著，或者掛在網路上MSN、玩Game，你怎麼有時間去思考自己要成為什麼樣的人？做什麼樣的事？對他人有什麼貢獻？把優先順序排對了，如同先擺石子，再倒細沙，最後才注入清水，你的生活才會豐富多彩，不會成為一罐瑣碎的雜物。」

東西方的詮釋都很精彩，讓我讀來有當頭棒喝的覺醒。但最厲害的是這個玻璃罐，裝的可真多啊！

97年11月3日—11月9日 「玩」美的週末

俊帆

星期三跑去看了「三對三籃球決賽」，聽著全場的歡呼聲，全身都顫抖起來，因為興奮；重新拾起當初學籃球的那股熱情，就像韋傑說的：「一切都是為了一年後。」

星期六，一大早起來著裝完畢，就出門慢跑了。走出門才發現忘了帶錶，沒關係，跑到盡興就好。途中遇到一個老伯伯，他已經出來跑了一個鐘頭，老當益壯啊！回到家發現自己也跑了一個鐘頭左右，感覺真好。晚上跟韋傑去了康輔迎新，玩得很盡興。舞伴有兩位，第二位的體重大概是我的兩倍吧，頭彩之稱不枉虛名呀！

星期日，服務隊迎新！我是關主之一，感覺很棒，尤其是看著學弟將頭埋進麵粉堆，找根本不存在的糖果時最棒！只是這不是我的主意，是大隊長的idea；所以請半夜詛咒他吧！學弟，Go！雖然最後一刻，我跟partner被一群激憤的學弟妹逼著玩一次，而且麵粉是原來的兩倍！是我們笑得太囂張了嗎？

耳朵、眼睛、鼻子、喉嚨進了麵粉的感覺很不好受，但回想起來不自覺的又笑了！哈，一個完美的週末。

Lin的回覆：看來你有個既充實又完美有趣的週末假期。

97年11月3日─11月9日　眷戀和嚮往

怡蓁

大事之一、十一月五日將《投資大師羅傑斯給寶貝女兒的十二封信》看完！

大事之二、熱情的欣澔爸媽又請全班吃甜粽！

＊本週記事

「把你的眼光放在未來，不要眷戀那些遲早會過時的東西。不管你曾經投下多少時間、精力和金錢，一旦這個東西走了，過時了，它就永遠消失了。」看了這段話頗有感觸，對於過去的事情始終眷戀不已，尤其是Wonderful Things！也許是回憶太過於美好，與現在的生活有著些許的反差吧！深怕把它深埋心底，總有一天，會忘了當初的感覺。「眷戀」和「嚮往」看似類似，但組成的元素卻有大大的Difference。前者的背景是過去，後者是未來。時間是向前走的，所以應以嚮往建築未來，不應以眷戀將過去推砌成高塔，那麼高的過去，又有誰會知曉呢？只有自己心知肚明！

最近突然發現講電話是件浪費時間的事，以前未曾有過此感覺，我是一拿到電話就天南地北聊開的人，且會迫不及待地希望有人趕快打電話給我呢！這個應該是升上二年級後，想法上的一大轉折！

Lin的回覆：沒錯！人要向「前」看，不要沉浸在過去的記憶中，面對現實，勇往直前。

Sandra週記分享9　帶給別人幸福的能力

週一的讀書報告繞著夢想打轉，其實開學我們比較深談的話題都離不開夢想、選擇、堅持、價值觀，這些都是大哉問，一時講不清，也沒有標準答案，可是會一再浮上心頭。你得要有耐心去磨出自己的答案，希望你能在我們的對談中、課外閱讀中、夜深人靜的思考中沉澱你的思考，一學期後願你的答案比現在更成型。

週四理偵把大卡片送到我手中，週五韋傑要代表二〇六將卡片送給蔡爸蔡媽。在這事上我也希望二〇六學到人際間的應對進退，學著做一個「得人疼」的小孩。蔡爸蔡媽熱情請我們吃米糕，我們可以就笑笑地進去吃，吃完笑笑地離開，然後結束一切。不過我們總要問問自己：「有沒有更周全的作法？」熱絡的問候，自願端盤，疊好飲料杯減少垃圾量，盡量收拾好桌面，這有沒有比淡淡的、「你知我心」的微笑好很多？用細心和貼心回應人家對我們的熱心，彼此才會覺得「足感心」！

長到這麼大，我發現其實大多數人比較在意「心」，勝過在意「錢」。所以還沒賺錢的你們，應該學著積極一點回應別人給你的種種關心和幫助，別只是默默放在心裡。至少要清楚明白讓對方知道：「我很謝謝你這麼對我。」俗話說得好：「人情留一線，日後好相見。」在圓圓的地球上，我們一定會再遇見某個不經意時認識的人，所有人際關係會再回來牽連你。你給一個善意的出發，那善意會比較有可能回到你身上。我最怕會讀書的孩子長成自私的大人。你一定要曉得：你有帶給別人幸福的能力。這與會不會賺錢無關、與能幹與否無關、與年齡大小無關，但與「心意」絕對有關。

你曾想過你可以為別人帶來給幸福嗎？

還是你只是在那兒等待別人帶給你幸福？

你的選擇是？

恭喜柏廷和俊帆領走了Sandra親手做的小圈圈，這表示他們已經跑操場超過百圈了！其它四十一位同學要加油了！累積你跑步的圈數像累積你對事物的堅持和毅力。隨著一週又一週，你會發現一學期後你已經跑過沙鹿、大甲到台中市或苗栗縣去了。（可能有人還一直停在清水喔！）

這週好像過得特別快，上週五上鰲峰山的事好像發生在不只一個禮拜前。你們的週記把我帶回那天的陽光、草地和米糕香。一個不怎樣的週末好像是拖延遲滯的時光，一週可比兩週長。想到我還有你們第五課的寫作練習要改，期中考後收的筆記也還沒改，還有第八課的單字講義和課文克漏字。我下週要作業大掃除，一定要趕上上週五郊遊落後的進度。然而這週我一定要好好享受我的週末，下週才能電力滿滿。你呢？

祝你週末充實愉快！

97年11月10日—11月16日　放棄音樂路

育伶

這禮拜三去聽高三音樂班的小型音樂會。聽完後，心中好多遺憾不斷湧現。如果當初懂事點，我明年是否也會站在這舞臺上表演？高一時，音樂班杜老師就跟我說得很直接：「你現在不是音樂班的學生，你拿什麼和音樂班的人角逐音樂系呢？」就因為這句話，從此我放棄了這條路。不！應該說徹底的絕望了！每次提及音樂，我總是覺得好懊悔、好遺憾，畢竟到頭來，我發現我還是比較適合音樂這條路。是我不好！我花費了爸媽大筆的金錢，自己卻不認真，放棄了一次又一次的音樂路。這是我一生中最大的遺憾！雖然我到現在還是耿耿於懷，但我也無可奈何，因為這件事，讓我更懂的把握身邊的每一次機會。

To育伶：如果我是你，我想我不會真的這麼絕望，不是讀音樂系才能享受音樂的！你如果真的喜歡，你還是可以再上課再練琴，不為唸音樂系只為自己喜歡，想更上一層樓。老杜也許兇、讓你退卻，但決定堅持或放棄的只有你而已！別被別人的話嚇怕了，夢就消失了！

97年11月17日—11月23日 膽怯

唯綺

話說，在上星期的某天晚上坐公車回家時，公車在某一站停車，之後上來個外國女生。我看到她時就好興奮，希望她能夠坐在我旁邊，這樣我就可以試著和她聊天。所以，當她的目光移到我這邊的時候，我就對她招招手，她就走到我旁邊的座位，並且對我說Hello，那時我也想對她說Hello，但是，我的喉嚨好像被什麼東西卡住了，說不出來，我直直地看著前面的椅背，想說要怎麼辦？多年來的希望就此破滅！（以前常幻想著如果有朝一日，我有機會能和外國人有所接觸時……）而且只是短短的一句話，我也說不出來。果然，理想和現實是有差距的！我沒想像中勇敢……

等到要下車時，我就對她揮揮手表示Bye Bye。回家時，整個心情超鬱卒的！好不容易有個外國人能夠坐我身邊，我竟然只和她揮了兩次手！還有，當時我既然敢對她招手，為什麼會不敢對她說話？整個對自己就是超氣餒的，好不容易釋出善意的第一步了說……

To唯綺：你要勇敢點Break Ice！破冰，然後就easy了！

Lin的回覆：下次試著嘗試，把握機會吧！

97年11月17日—11月23日　教學演示

韋傑

哇喔！這週精彩了，先是來個冷氣團，竟然就感冒了！衛生紙不知道抽光了幾包，鼻子擤到扁了也還是沒好，都要段考了還搞成這樣，我也沒話說了。

禮拜五，實習老師教學演示，反正對老師而言是很重要的一天啦！老師請我幫忙上台示範CPR，我的媽啊！都忘光了，而且一年級時隨便喇勒一下就有急救證照，誰想得到我現在竟然還要上台示範！硬著頭皮上了，誰叫我是好學生！幸好幾個步驟還稍微有印象，摸摸壓壓也還算可以，我想應該是有幫到老師吧！

晚上很淒慘，感冒變嚴重，喉嚨痛到不想說話，看了醫生吃光了藥，聲音變重低鼻音，還蠻性感的。星期六哥從台南回來，為的是他的生日，請了一桌，吃得不錯。

晚上跟哥有說不完的話，聊著最近的生活瑣事。久久不見其實也不壞，太常在一起反而容易吵架呢！聽他講大學生活，很有趣但也自我警惕，不然會吃虧。

時常在線上遇到哥，總是叫我別玩了快去讀書，但我總是沒怎麼在聽，功課不好能怪誰？下週就要期中考了，還有好多沒讀，但卻看不太下去。

東摸西摸結果突然想寫週記，我看班上只剩我有這種「閒情」了！這種關頭，確實該加把勁了！不然到時被禁用電腦很不妙，我還要交報告呢！（明明就是藉口！）

To韋傑：你是本週唯一交週記的！帥！寫得最充實的一篇！

Sandra週記分享10　You are what you do

週一，匆匆忙忙地來到學校，第一節課視聽教室電腦不支援，看不成卓別林，然後就是連三節，中間的三節下課我都還在想著為芝華寫卡片的活動和同事聯繫。午休跑去買紙、裁紙，之後又是匆忙地上課。當中一直想著週記怎麼還沒送來？直到下午第三節後瞄到一大疊週記就堆在隔壁桌上。我趕快翻閱過一遍，知道了原來俐蓉上週五為了排球大崩潰，二〇六大掃除還刷洗地板，祐嫥周一在醫院躺了一天，而於姍看了花海，萍端去看長毛象，佳宜和禎蔚去了勤美誠品，還有琇茹去大甲看電影，不少人都中獎，得了running nose。看了你們的生活，我才和二〇六接上線，心裡才真穩定下來。我發現那種感覺，很像我忙碌的時候最想看到我的小孩一樣。

我猜想，這種感覺就叫做「牽掛」。

週二依然忙碌；週三則是興奮，因為可以輕鬆地和你們度過三小時。我好希望以後聖誕節一到，你們就會想起二〇六一堆人圍著做手工藝的溫馨情景，甚至，開始教你的家人、室友、同事、小孩做聖誕圈，一邊做時還會說：「以前我的高中導師Sandra……」（啊！我是不是又在作白日夢了？）聖誕節是個「分享」的節日，能和二〇六分享做聖誕圈的快樂，是我的榮幸。同學別忘了樂於和二〇六分享的，還有喬荃和喬荃媽媽。

今年聖誕，我最想做的，就是為車禍過世的芝華老師的爸媽，做一件令他們窩心的事。請你們也想想你可以如何為別人帶來幸福的感覺，然後就這麼去做吧！有能力給，總是件幸福的事。我也邀請你，一起將溫馨帶給芝華老師的爸媽。

週四，我們講的是作弊。其實每次聽到學生作弊，就令我很痛心。一想到學生讀書讀到後來成了是非公理不分的人，讀書就變成一件很沒意義的事。同學允許自己的灰色地帶越變越大，完全忘了求知本身帶來的快樂和成就感，成了短視近利、只在意分數和名次的人不說，還黑白不分、忘了還有個人名譽這回事，這讓我不禁反省自己：身為老師，我到底教了什麼給我的孩子？請你們一定要記住：You are what you do, not what you say。人品由一個人的行為彰顯，而不是由他的話語。請一定要重視你的人格，別讓它任由分數踐踏了。

再則，我想談談班級的力量。面對作弊的人，你有何看法？你是心中鄙棄，卻沒任何作為？你有沒有一點見義勇為的勇氣？請別當個老好人，只怕得罪人，連指出錯誤的道德勇氣都沒有。團體的風氣就是在這種姑息之下日漸敗壞的。一旦敗壞已成風氣，挽救就得花上加倍氣力。班級輿論是勝過法規的制裁力量。讓作弊的人知道，大家不會對他的行為視而不見，站出來告訴他、告訴老師，我知道這不是真正的分數，他就不會輕易干犯。班級是一個團隊，請珍惜團隊的榮譽，營造一個高品質的團隊，你的能力也將因為團隊而得到提升。這才叫「雙贏」。讀書的過程中，知識，就是最大的獎賞，分數只是蠅頭小利而已。與你分享一篇網路好文章。

好文分享1　一句話一輩子

前些天，在一個名為《財富人生》的電視訪談節目中，嘉賓是一位當今頗具知名度的青年企業家。當節目漸近尾聲時，按照慣例，主持人提出了最後一個問題。

請問：你認為事業成功的最關鍵品質是什麼？

沉思片刻之後，他並沒有直接回答，而是平靜地敘述了這樣一段故事。

十二年前，有一個小伙子剛畢業就去了法國，開始了半工半讀的留學生活。漸漸地，他發現當地的車站幾乎都是開放式的，不設驗票口，也沒有驗票員；甚至連隨機性的抽查都非常少。憑著自己的聰明勁，他精確地估算了這樣一個機率：逃票而被查到的比例大約僅為萬分之三。他為自己的這個發現而沾沾自喜，從此之後，他便經常逃票上車。他還找到了一個寬慰自己的理由：自己還是窮學生嘛，能省一點是一點。四年過去了，名牌大學的金字招牌和優秀的學業成績讓他充滿自信，他開始頻頻進入巴黎一些跨國公司的大門，躊躇滿志地推銷自己。然而，結局卻是他始料未及的。這些公司都是先對他熱情有加，然而數日之後，卻又都婉言相拒。真是莫名其妙。

最後，他寫了一封措辭懇切的電子郵件，發送給了其中一家公司的人力資源部經理，煩請他告知不予錄用的理由。當天晚上，他就收到了對方的回覆——

陳先生，我們十分賞識您的才華，但我們調閱了您的信用記錄後，非常遺憾地發現，您有三次乘車逃票記錄。我們認為此事至少證明了兩點：

1你不尊重規則。

2您不值得信任。

有鑒於此，敝公司不敢冒昧地錄用您，請見諒。

直到此時，他才如夢方醒、懊悔難當。然而，真正讓他產生一語驚心之感的，卻還是對方在回信中最後摘錄的一句話：

「道德常常能彌補智慧的缺陷，然而，智慧卻永遠填補不了道德的空白。」（但丁）

第二天，他就啟程回國了。

故事講完了，電視中出現一片沉寂。

主持人困惑地問：這能說明你的成功之道嗎？

「能！因為故事中的年輕人就是曾經的我。」他坦誠而高聲地說：「我能夠走到今天這一步，是因為我一起將昨天的絆腳石當成今天的墊腳石而已。」

現場頓時掌聲如潮。

人生總是複雜，道理卻相對簡單；更多的時候，一句話一輩子。

97年11月24日─11月30日　我的資優班與最後的演講

佩珊

大事之一、我的讀書報告「我的資優班」終於結束了。這個報告真是讓我獲益良多。
大事之二、段考結束了，雖然已經認真準備，但是太粗心了，下次要更用心。
大事之三、考後的週末雖然很平淡，但我過得很快樂，很開心，有放鬆到。
大事之四、趁考後，終於看了「最後的演講」，值得省思。

＊本週記事

從讀書報告到期中考，就一直緊張忙碌到結束，這個週末終於可以睡上舒服的一覺了！從這兩件事中，要讓自己覺得充實，不懊悔、不沮喪，成就感是令我很開心的！雖然報告不是很流暢，期中考粗心，但一定有進步的空間。而且，報告完就有同學問我書哪借的？這樣算不算成功的報告啊？

還有這次期中考的數學，是我努力而來的成果，雖然只是剛好及格，卻是上高中第一次有那麼認真想考好的動力，真是種莫大的鼓勵，超棒的感覺！加上這週五看的影片，給我很多正面的力量，在段考後不再因為太care分數而難過，反而更有信心，希望為這學期留下一個美好的ending，不再懊悔、遺憾。

To佩珊：你要記得這種成就感，努力地複製它，在各種可能的機會上，「成就感」就會變成 a part of you。很不可思議喔！

97年12月1日－12月6日　另一種選擇

若綺

或許人生就是那麼令人捉摸不定，時時刻刻摻雜未知的變數。某個月前，在我和朋友的聚會談話中，得知同學有了小女孩，當下驚訝不已，但驚訝的不是她和我同齡，而是驚訝她選擇了這條路。

也許我們心中都會對這件事感到惋惜，惋惜她正值人生精采時期選擇了或許會讓她一輩子也達不成自己夢想的路。但仔細了解狀況後，我才漸漸明瞭且體會她的抉擇，也許大家都會否定這一切，甚至把偏見活生生的放在別人的人生上。但我們怎能否認與你完全相反的價值觀，更不能要她去做你認為是對的價值觀，當我看到她正努力為她所選擇的路負責，而且邁向她心中那份獨一，而且無上的理想時，我看見了面對人生的另一種態度，而且對一直以來以為是對的事物從此改觀。

To若綺：我仍是那一句：擇你所愛，愛你所擇。人生，不要後悔！

Lin的回覆：以前我有個學妹也是發生了相同的事，想當初超害怕隨時會有狀況發生。幸虧我們是護校，所以對於她生理上給予許多幫助，當然，我們也曾問她是否後悔，她說她很幸福。沒錯！每個人都有權選擇她要的人生，重點是她要能負責。這年紀的女孩遇到這種事會很辛苦的，更需要你們的關懷。

97年12月1日—12月6日 來做聖誕圈喔！

靜儀

星期二下午掃地時大家突然對璨寅老師的生日感到好奇，大家圍著老師，問老師什麼時候生日，可是老師一直賣關子不告訴我們，後來回家看老師的無名，沒想到老師的生日就是隔天！！隔天早修老師進入教室，大家一起唱生日快樂歌，雖然沒有萬全的準備，但還是給了老師一個Big surprise！

星期三下午綜合課Sandra教大家做聖誕圈，雖然三堂課很快就結束了，但我看到大家都笑得好開心好燦爛，沒有什麼事是比快樂更重要的了！

同時也非常謝謝喬荃的媽媽買了這麼多漂亮的緞帶！最後一節課大家一起到樓下拍照、將校園中的樹叢變成了「聖誕樹」，感覺聖誕樹好幸福呢XD。

十二月三日是很特別的一天，在這天有許多屬於二〇六的美好回憶！

等了好久的電影終於確定上映日了，雖然是卡漫，但我非常期待！其實卡通不單單只是卡通而已，從中也可以學到許多事情，尤其是它所要傳達的「精神」。希望上映趕快到來，我超愛火影的，哈！

To靜儀：這一度是我兒子的最愛。他會不斷變手勢，企圖對我施火影忍者的法術，我也很配合地不動、假死，然後說我的查克拉太弱！

97年12月7日—12月13日　Did you know?

立綺

大事之一、熊貓即將來台，行政院陸委會證實，海基會已收到大陸發的熊貓出口文件。

大事之二、行政院十二日指出，政府正鼓勵擴大消費，更應該鼓勵公務人員消費，經多方考量，決定公務人員年終獎金仍維持過去慣例發給一點五個月。

大事之三、華爾街股市傳奇股票經紀人馬多夫涉嫌詐騙五百億美元，十三日遭逮捕。

＊本週記事

最近有一位訪客來拜訪我，可是他一來就是一整個星期，而且還沒有離開的意思，這位訪客就是令人聞之喪膽的——感冒病毒，他還帶了發燒、鼻水、頭痛這些禮物給我，不過我真的好希望他能快點告辭啊！

星期五Sandra播了一段叫「Did you know?」的短片給全班看，全班同學都被這僅有六分鐘的影片震撼到目瞪口呆，大家表情一致:O！看完後才警覺到世界的變動這麼快，時時刻刻都有重大事件在發生。如果現在的世界就這麼令人驚訝了，那未來不就更令人無法想像了？生活在時代潮流中的我們，是否要只安於現狀，還是努力充實自己，讓自己變成一個更有世界觀的人？或許這需要時間來摸索，不過答案其實自己最清楚。

這幾天想了很多，覺得自己的潛力可能不只如此，我想我需要找到方法來突破自己的小框框，我相信我是可以的。

To立綺：妳是我看中、很有「質」的學生，但嘗試的事太少，總令我覺得能力沒發揮。妳適合條理清晰又創意的工作，才不會覺得人生溫飽但無樂趣！So, what job is suitable for you？

Lin的回覆：嗯！跳脫框架，活出自我！

立綺回覆：I still try to find what I can do, but I think I'll regard the job about English as my top priority. Due to my ability and habit, I think these traits will decide my way.

Sandra週記分享11　失望告白

我的心情低落到去剪了一個又短又難看的頭髮，告訴我自己：不會再糟下去了！

現在的孩子基本能力都這麼差嗎？為什麼連把一本書的重點，感人之處，帶給你的省思都說得不清不楚呢？不需要很生動，但明明白白是很基本的啊！是我又要求太多了嗎？已經有好一陣子沒聽到一個精采的讀書報告了，有時，連聽懂大致內容都不容易！同學把書報告完，那本書就死在那裡！一想到表達能力會如何影響同學的前途，我就很擔憂！我希望只是同學準備不周；可是若真如此，我又要氣同學態度不好，做事不紮實。假如是同學口才不好，那至少也要認真用心來彌補，而不是以「我本來就不擅長表達」矇混過去。我已經告訴同學報告的技巧為何，為什麼明明不擅長報告的人，又不用對的方法來練習呢？這比起英文考不好還嚴重，以後同學不一定要靠英文吃飯，卻一定要靠表達能力溝通，謀職，叫我怎不心急？

要說讀書，二〇六也不算輝煌；要說堅持，又不用對的方法一直做下去，終究進步有限，無法突破，就這般傻傻地，默默地，被動地，懦弱地，一直走讀書這條路，叫我怎不心急？

為了引發更多人重視運動，我身體力行跑操場；為了引發同學多讀課外書，我以身作則每月至少七本；而且在同學的讀書報告後做更多的導入，我覺得自己實在很傻，用百分之一百二十的心力帶只有六十％意願的學生。

二〇六啊！你打算默默躲著，躲多久才要出來面對未來社會將要給你的挑戰？

你不打算及早儲備實力應戰嗎？

看來，我要二百%的堅強才能堅持下去！

三〇七的老朋友，這也是給你的提醒，請你讀一讀天下二〇〇八教育專刊，你會回憶起Sandra對你的期許，當年我教你，我期許你是團隊的領導人，而不是當個大學生而已。一年多了，你還循著我們當年的路一直堅持，努力地走下去嗎？

假如你迷途了，趕快讀些會刺激你、給你動力的書，重新再出發吧！

97年12月14日—12月20日 結蛹

立綺

大事之一、星期五做地理口頭報告，但是因為太緊張所以語助詞很多。

大事之二、星期六晚上補習，練習英檢中級模擬考，如果沒有意外，一月的中級初試我可是很有信心的！

大事之三、最近和家母常常起口角，導火線總是敝人的房間雜亂又懶得整理。

＊本週記事

忙碌的一個星期，終於將堆積已久的報告清空了，感覺有種暢通的爽快——雖然下星期一要歷史抽考＋考數學，不過還是努力將報告趕了出來。

星期三去看了Sandra的網誌，原來Sandra對我們的期待那麼高，但是我們的表現卻令她失望，她談到了讀書報告的問題，有些同學沒有表現的很好。我想，緊張感一定是最大的因素，因為過去我們從不曾做過類似的事，在全班面前發表一本書，還會擔心自己有沒有說錯、台下的人有沒有在聽。（像我之前就練習了三天，報告的前一天晚上緊張到差點睡不著。）當我報告完後，腦中還一直VCR檢視自己的口誤，說不好的話，其實心裡會一直都很難過。或許不是每個人在台上都能侃侃而談，如果能再多練習，克服上台的恐懼，只需要再一個機會，我相信那些沒有表達出自己想表達的同學，心情也一定很down。我知道Sandra對我們的用心，也知道她想看到我們能夠成長的急切，但是我希望她能給我們一點時間來成長。羅馬不是一天造成的，毛毛蟲也是需要歷經結蛹的尷尬，才能蛻變成美麗的蝴蝶。

To立綺：I will wait, but time waits for no man. When you come to the 3rd grade, more tests and books will fill your life. Who will care about the ability of giving a report? Soon you become a freshman in college. When the colorful life begins, who cares about speaking ability? Then, when to improve your speaking ability? Time and tide wait for no man. That’s why I am anxious!

97年12月15日—12月21日　維也納藝術銅管五重奏

喬荃

開始了！開始了！我們期待好久的表演終於開始了！早在一個多月以前我們一群人就買好票開始期待囉！小心翼翼的收好門票，好怕把它弄丟！這個演出就是——ART of BRASS VIENNA，也就是「維也納藝術銅管五重奏」。顧名思義，演出者就只有五個人，但是吹奏出的聲音卻可以深深烙印在腦海裡，印象深刻！其中演奏低音號（TUBA）的大師，身高竟然有二百公分，吹得也超級超級好，它可以在樂器裡b-box，超酷！雖然低音號的聲音很低，常常也不是主旋律，但是卻不能少了它！如果少了，那整個曲子會覺得很奇怪，所以它在演出時相當重要，這是我感受到的。

他們五個人都扮演著極為重要的角色！演完後在中興堂的大廳有簽名握手會，機會難得，當然不可以錯過囉！但是人好多，排了好久，終於輪到我了，心跳得好快！真的非常非常開心，能和風雲歐洲的五重奏見面還聽他們的表演。真的很棒，技術很精湛！BRAVO！！！

To喬荃：good！那你應該跟我借一片萊比錫的跨年ＤＶＤ，百聽不厭！借回去過農曆年，聽個過癮！

97年12月22日—12月28日　經典爵士之夜，Bravo!

宇妏

星期六晚上在中興堂有一場「維也納銅管五重奏」的表演，曲風大多是Jazz，好精采！我和管樂社的同學一起去，等到這一天，我們好興奮。中場休息，我們一群三姑六婆地討論十分激烈呢！每一首表演完，都會有熱烈的掌聲，而他們也會很有禮貌地敬禮致謝；他們也身兼主持人，演奏低音號的音樂家很健談，還用簡單的中文問候；他的語調非常有磁性，而且蠻幽默的。另外還有兩位小號音樂家，技巧非常成熟，音色超好！還有一位長號音樂家，他的技巧也很厲害，滑音是一級棒的！最後是一位維也納號（法國號的一種）音樂家也很不錯！

表演最後演奏了兩次安可！好想再多聽一點！表演結束後還有簽名握手會！我們拿著節目單去排隊等，終於看到了！因為我太緊張了，本來想和他們多說一點，但是我只講了Merry Christmas和Thank you！不過我至少握到手了，讓我好開心！我不想洗手了！

To宇妏：我光是讀這篇都很熱血沸騰。你很幸福，這麼早就可以沉浸在音樂世界！

Sandra週記分享12　排球與讀書

還沒有過在週三這麼早就寫週記分享給你們。一想到週四請假，我早在週一週記收來就發揮我「快手敏」的本色，全部改完轉交給瓈寅老師，讓她接棒。

週一我忘了抽考；週二開學生獎懲會，明莉老師掩飾不住對幾位高二聯手作弊同學的失望，傷心落淚；週三我們一起看「追風箏的孩子」，希望沒有人不支倒地；週四我要去面見我的教育偶像「艾琳古德威」，並拿書給她簽名；週五，可以想見我又要跑四公里。

你計算過嗎？再一個月，高二上學期就結束了！瓈寅老師也將完成實習，離開我們。抓著時光的尾巴，你有沒有想做但還未完成的事？這一個學期，你有沒有什麼突破？有哪方面的成長？這高二於你，忙碌是寫在書頁上？考卷上？社團？還是留在心裏？對於我，每天上床是又疲累又不甘心！疲累是因為我全心地扮演老師、母親的角色；不甘心是因為我還有太多的心願未完成！沒有一個二十四小時是綽綽有餘的！我總是在時間的縫隙裏不斷的回收可用的資源，提高工作效能。我喜歡我能影響你們的成就感，喜歡把英文教得很活用的專業，更喜歡為他人製造一點快樂的驚喜，還喜歡書本帶給我的激勵。如果我可以不用一週工作五天，一天不必工作八小時，我能完成的心願一定愈多（這與現在事實相反，請用過去式表達。）

但事實不然。假如我可以一整天都遊手好閒，可以無所事事，想做的事就從指縫間流掉，想完成的動力也愈小。「愈得不到的愈想要！」我一直利用自己這樣的心態，好像考試有時間壓力，同學做題就效率提高一樣，如此將計畫執行的事一一完成。所以如果你覺得時光飛逝，請你站在一年半以後的時間點，回頭看你的高中三年，你希望能有什麼體驗、成長，就把它排入你的計畫中，push自己好好完成，免得一年半後遺憾、後悔吧！

週二看到你們練排球發球，我也下去揮了幾下，才發覺你們的基礎動作很不好，舉著一隻單薄的手臂發球，完全沒用你的膝蓋、腰、肩去支援你的手臂，難怪球發不過網。這讓我想到讀書這件事，假如八十分是你的及格點，你單是苦K或鋌而走險作弊，這都只是短期效用的作法。有穩定的讀書時間，上課的專注聽講，踴躍地討論疑難，才是高分的正確連貫動作。可是你若看不到這些層面，只拿一隻手臂揮啊揮，球還是不過網，真令我同情，也覺得這是個人的造化。學著用屈膝、扭腰、轉肩一氣呵成的力量對著球擊去，只要角度對了，沒有發不過的球，也沒有讀不懂的書。

許多事的處理原則是一樣的，盼望你們體會這一點。珍惜所剩不多的高二時光吧！讓我們一起回憶滿滿，豐富地畢業吧！

97年12月29日—1月4日　墊腳石

佳寧

轉眼間，一學期又即將結束了，回想起當時剛分完班，同學彼此都還不熟，班上雖然十分寧靜，但總覺得氣氛很沉悶。經過了一學期的相處，跟許多同學都很熟了，雖然有時會蠻吵的，不過就因為有活潑的二〇六，讓教室充滿了歡樂的氣息，天天都像跨年一樣High呢！

在這將近五個月的時間裏，除了花大半的時間在課業上，也經常忙於準備各科的報告及作業，當考試與報告繳交的時間接近時，便會熬夜二、三天將它完成，那時真的會很想隨便弄一弄，有交就好，但……我做不到！或許我太在意那分數，也或許我太吹毛求疵了，但我就是想把它做到最好，希望交出去的作業是perfect！這些報告雖會令我十分厭煩，但在完成它的那一剎那，疲憊不堪的神情瞬間被燦爛的微笑擊敗，心想：「我終於又完成了一項報告！」對於這學期在口頭方面的報告，沒有表現好，這方面是我最需要加強的，要盡力去克服各種障礙，讓這些恐懼及絆腳石，都化作我向前邁進的墊腳石吧！

時光匆匆，二下即將來臨，大考也迫近，我想在這忙碌之餘，必須多花些時間與心力在書本上，提早為大考作準備，以期一年後的我，會有個亮眼的成績，達到自己的目標！辛苦耕耘，歡喜採收，好好加油！

To佳寧：我希望看到你自我突破，多嘗試新領域，用認真的態度做到最好，高二才真的擁有新記錄、新成就、新的極限突破。

Lin的回覆：妳一直是個文靜、認真的女孩，妥善的時間規劃，按部就班的準備，大考來臨前，奮力衝刺，定能有所收穫，加油！

97年12月29日—1月4日　我的二〇〇八

萍端

連放四天假，真是high翻天囉！雖然二〇〇八的最後一個夜晚，我和家人只待在家裡跨年，只想看電視的跨年演唱。（因為實在好冷啊！）我卻已經很開心了！因為平常我很難得能跟兩個弟弟聚在一起，他們一整個禮拜都要去學校，回家忙補習，很少有機會三個姐弟坐在客廳聊閒話，現在，終於如願囉！

有人說，二〇〇八是紛紛擾擾的一年！我卻覺得是充斥動盪的一年，讓週遭的生活有了變化。有些是劇烈且清晰的；有些又彷彿從我身邊擦身而去，依稀察覺有所改變，卻無法道出有何變化。

如升上高二，換了新班級（可愛又好笑的二〇六）、新老師（Sandra & Lin），但是，有些改變無法陳述得清楚，像心境上的感覺。可能是壓力的關係，心情難免會失落。尤其在我達不到我預設的水準時，那種空虛的感覺真的很討人厭！如果心情想舒坦，就是要在下一次扳回一城！或許這樣有種被束縛的feeling，也可能有很多煩惱，但我想我會從經驗中更進步一些，等到進步的經驗值累積夠了，就會變成成長。

我不敢說二〇〇八有何輝煌，因為高二的學業成績表現不佳，可能是努力不夠，（我會再加油的！）而且心裡很焦慮，尤其看到高三學長姊，想到以後的自己，很徬徨的是我所刻畫的自己很不清楚；而且，我知道真正的我，離它很遙遠！我明白堅持才能有觸碰到它的可能，哪怕耗盡全身吃奶的力氣。

因此，整體看來，我挺滿意我的二〇〇八，璀璨的高中生涯。Maybe，有一點點瑕疵，我會用嶄新二〇〇九補足缺憾。讓心中更踏實，目標更明確！

p.s.以為會寫的像悔過書，結果還是挺樂觀的！（可能我天生就不適合消極吧！）

新年新希望：每一天都要像小傻瓜般開心地微笑。（Sandra & Lin 也是哦！）

97年12月29日—1月4日 茫然

亞琳

這學期即將結束了。高二，來自更多方的資訊，也更混亂了！記得學期初老師給的那篇文章：能量會不知不覺增加。（在默默耕耘的情況下）我急著想做些什麼，卻盲目不知目標……

好多的報告、功課、不適應，令人害怕、不想面對。其實真正的說：高二，我懂得凡事要踏出「第一步」。所謂萬事起頭難嘛！！可惜我總是太懶惰、太被動！有滿滿的構想也不會去實行，雖然我知道，可是我就是懶（這是重點！）

一學期了，還是不知道以後要幹嘛。不想一直只是讀書，相信我會找到想做的事。現在，我會自己找些課外書看，雖然數量不多，但比之前好太多太多囉！！

To亞琳：你要勇敢一點。未來有許多事，假如都沒勇氣，美好就稍縱即逝。你可以更多采的！但先決條件是：勇敢一點！

Lin的回覆：我推薦你去看「逆風，更要勇敢飛翔」。別讓這點退却阻礙了自己！加油！

97年12月29日—1月4日 體驗和經歷

珮仔

讓人感覺很不可思議呢！從暑期輔導到現在，半個學期快要過完了！翻回週記本第一頁，第一句便是「開始上暑期輔導啦！」哈哈！！現在看起來真的很有趣。

很高興我是在二〇六度過二年級的時光。其實我改變了很多，以前一年級真的是全心致力於課業上，看到同學看課外讀物我都覺得很沒有意義；但現在的我卻深深了解、體會到「知識的廣大，不是只有在課本中才能發掘到！」做了很多大大小小的報告，也參與了很多校外校內的活動，不僅僅只是訓練到了膽量，也同時打開了心智。

有些書，如果沒有看過，那絕對是一輩子的遺憾。沒有閱讀過「令自己愛不釋手，甚至不希望太快看完，因為看完了便沒下集了」的書，高中生活真的會少一份樂趣！

考大學，似乎每位高中生都必須面對，但在一個人的珍貴回憶裏，你不會記得自己考了幾分，你只會感受到高中生活的快樂和友誼，或許偶爾會感嘆自己的成績；但大多數時候，我們自己很清楚：生命中的經歷與感動會永遠深刻烙印在心中。

我敢說，我整個高二所讀的課外書，一定比國中三年讀的還多。或許在分數及學業上沒進步多少，但心胸與眼界卻更加開闊了！我比以前更能提醒自己試著不要去懊悔失敗，而是以積極樂觀的態度去面對事情。記得以前我小考考差時，當天一整天的心情都大受影響、愁雲慘霧，連帶也影響到其他節課的心情，可是如今我已能告訴自己「沒關係，回家讀熟點，事後學起來也不算太晚」，有這樣的轉變就連我自己也是始料未及的，現在的上課心情才專心許多。

如上述改變的例子不勝枚舉，但這些小事卻都有個共通點，那便是「體驗和經歷」。隨著年齡的增長，我們遭遇到的事也就更多元，心裡的感受也就更深刻，心思也越細膩了，這是我從暑輔到現在一直確信的一點。正因為二年級忙，活動多，體驗的事也就多，能改變的也就無窮無盡了。

「試試看吧！每件事都試著去嘗試！」正因為勇於嘗試，我們的高中生活才會顯得如此與眾不同！

To珮仔：我喜歡你這篇週記。把「成長」寫得很好！高二一年不虛此行！

Lin的回覆：我也喜歡這篇文章。看得出來高二的每一天，你都用心在過。很高興你的成長！

97年12月29日—1月4日　二〇〇八回顧

良靜

這學期是我到目前求學過程中起伏最大的，從來沒感受到如此的困惑和茫然；可是，那其實讓我更清楚，我，是什麼樣子的人。

七月暑輔，剛踏進二〇六，忐忑的感覺很難忘，遇見導師（說真的，一開始老師有讓我傻眼到，千萬道光芒似的），我心中一憂一喜；喜的是：我就知道這世上一定還有教育熱忱的老師；憂的是：老天啊！這不是我的風格啊！我一點都不是那樣的活潑，那樣像她說的一樣的人#_#。當下，我知道未來必定會有很大的變化和挑戰；不過，顯然我當時不知道，七月，將是我最「愉快」的一個月。

八月放假，我和新同學做了一個地理報告。再來是練啦啦隊。這又是一個很長的故事。我一直都很排斥，就是不想穿上那可笑的衣服，不是衣服可笑，是我穿來很可笑。我忘不了小江那晚打電話來時我所說的話，還有我以「有事」來逃避幾次的練習，現在想來，那就是「萬惡」的起源哪！我很後悔那時的固執和膽小，我自己讓別人誤會我，但最重要的是我失去了一個嘗試的機會，畫地自限的結果，就是失掉一個「個人的可能性」吧！

當然，如果只有後悔，我幹嘛記錄它！

九月，我這輩子都不會忘的「九一七啦啦比賽」。九一七晚上連飯都還沒吃，躲在廁所裡大哭，心裡痛罵：「他媽的＃％＆＊※○◎□＋……再也不作這種渾蛋的爛決定……」我自作自受的累了一個月，不是身體累，是心疲憊。

十一月，二〇〇八年的黑暗月，簡稱「黑暗十一月」。但也是成長的一個月。我和外在環境嚴重衝突。一樣的問題，我無法和大家一樣，所以我逼自己和他們一樣。逼自己講我不喜歡的內容，然後一直拿別人和自己比較，羨慕他們，然後，忌妒他們，好可怕……總覺得就是少了什麼似的，很空虛。人家說：個性是天生的。我還記得媽媽罵我：「妳什麼都說好丟臉，什麼時候才可以對自己說，我好光榮？」一再的否認自己，把別人的批評過份放大，又再把這些批評設法拼裝在自己身上，然後說，我擁有了！（so stupid！）我一直都聽別人的話，卻似乎不曾聽自己內心的話。所以，我還是當我好了。但我開始要更勇敢、更成熟、還要更愛自己，才不會輕易的又被打倒。（當然不能只說說）。

其實幾個字或幾個詞，根本就無法完整的描述出這種感覺。

自己就是會知道，嗯，變了呢；咦，不一樣了。

To良靜：Thank you for your sharing.You are very sincere and honest。妳在靜靜地蛻變，改變的痛苦和不適會過去，妳要有勇氣朝著努力的方向前進，I’ll be with you！找到自己的特色，Enjoy being yourself, because no one can replace you. I know you have potential。妳已經知道自己的方向，再來就是勇敢、堅持了！加油！

家長信函2　思考孩子的願景

各位家長：

二〇六已快走完高二上學期。在適應新成員、新老師後，同學擔任全校活動中堅份子，課業進入更緊張。與高一相比較，二〇六不論個人或全體都增添了不少體驗，這些體驗促使同學必須一直進步。當然，進步多少，因人而異，但整體來說，他們不再像高一那般稚氣、無憂無慮或戰戰兢兢。

這學期我花了最多時間在教二〇六時間規劃、讀書的基本態度、好好探索自己、勇於追求夢想，以及培養閱讀課外書的習慣。二〇六表面上看來是快樂的、用功的、平順的班級，但我可以感受到平靜無波之下，二〇六在靜靜的蛻變，由他們看事的角度、思考的眼神、或週記上與我的對話，我感覺到轉變正在慢慢的蘊釀，因此，我很期待他們高二下的表現。以下是高二下的安排。

基於讓同學都能體驗領導與被領導的哲學，高二上所有股長在辛苦一學期後全部卸任，由未擔任幹部的同學上場；因二〇六有四十三位同學，高二上下學期可能還輪不完職掌幹部，則待高三上由仍未擔任的同學出任幹部，以求他們能多少得到經驗，管理並協調眾人之事。出任該幹部以自願優先，推選次之。另外，高二上班及讀書會進行順利，詳細條列請參考隨後附上的資料。高二下將進入名人介紹，以電子簡報方式進行，藉此嫻熟電腦工具的應用，增加同學的見識，刺激他們Think Big. Think Ahead（思想遠大、思考在前）；高三時則模擬校系推甄面試，由這三個學期個別的報告，磨練同學的表達能力與膽識。希望這兩項政策能得到家長們的支持。許多考試不考的能力，卻是孩子未來一輩子受用的能力。二〇六不是「養鴨場」，老師只顧「填鴨」以衝高分數為教學目標。許多時候，孩子缺的是思考他們所要努力的方向。若孩子很認真讀書，但不知未來要做什麼，則茫然之餘，更多疑問。我希望藉著增加他們的生活體驗，分享書海中更多人生經驗，激發他們深入思考自己：想成為什麼樣的人？過怎麼樣的生活？成就什麼夢想？如何達成這一切？

那願景還很模糊，但只要孩子用心挖掘、思考，它會逐漸呈現輪廓，愈來愈清晰。這幾乎是我上學期最主要的教導。這也將延續到高三，到送他們畢業之時。

第二次期中考後，我發給每個人一份科系一覽表，把社會組可以選填的科系全部列出來，讓同學一一思考篩選。這份一覽表可以一直用到高三八月志願選填。請你務必抽出時間聽聽孩子的意見。如果你和孩子的意見相去不遠，那是最好。孩子的決定得到你的認可，他會很放心。假如孩子的選擇令你擔憂他未來的生計，我建議你讓孩子「具體」說明他對該科系所學，及對未來出路的了解，好讓他想想自己的看法是不是太夢幻，不切實際？還是我們大人不熟悉孩子興趣的領域？

其實每當學生問我對科系及未來生涯的走向，我總是很心虛。我知道網路世代瞬息萬變，一度看好的行業，可能三、五年之後就乏人問津。以我當老師而言，九〇年代台灣股市衝破萬點，多少老師辭去教職下海玩股票？這讓我雖沒教師資格，仍可以進入私校教書。沒幾年股市狂跌，大家又回頭來追求穩定公職，造成供過於求，一群流浪教師從北到南考試，只為謀得公職。二〇〇八年九月十八日，雷曼兄弟宣佈倒閉，勢必一定會衝擊這幾年還很紅的財務金融系的分數，因為現今各銀行的理財專員已不若去年如此吃香。瞬息萬變的時代，只有做自己想的，才能激發熱情、奠定實力，成為行業中的佼佼者。如此不論潮起潮落，總有能力和希望捱過一切。怕就怕人浮於世，總是跟錯潮流、押錯寶，成為洪流中最末端、最早被甩開的人。所以我總是從孩子對自己和該科系的了解中，去得知他是不是認真的？還是一時的熱情？我通常不建議方向，但我會從他的喜好、專長和課外閱讀中判斷他的科系選擇會不會與他悖離太遠？我最怕「不知道」的學生……完全不知道自己要什麼，也不會思考，偏偏這種學生很多！縱使書讀得不錯，但不慎選科系，常常導致唸了該科系後卻沒歸屬感，大二時又得花心思轉系；或者一唸四年，畢業還得從事自己不愛的工作，更慘！

思考自己的方向，避免偏離目標太遠，在堅持下去或轉換跑道之間，徒增為難與遺憾！

附上的資料是班級讀書會和俐蓉編寫的大事記。協助你了解二〇六的班級生活。二月二日到六日是寒假輔導，一天七堂課。二月十一日開學，當天有大範圍的抽考，同學應善用寒假輔導，除休養生息之外，應潛沉一學期所得，調整下學期努力方向。更重要的是，該協助家務，盡家中一份子之責。可行的話，藉年節期間去平常沒時間去的地方看看走走。若家族中有大學生，不妨也讓他們多有機會交流，以第一手經驗提醒他們高中該預備的方向。叨叨贅述，希望家長不吝時間看完，給孩子協助與支持。成長的路上，你們是孩子最穩固的力量。

祝你新春闔家歡喜！

11/26、27	轟轟烈烈的第二次月考，終於解脫啦！
11/28（五）	面對殘酷的現實，一大堆科目分數接連出現……
12/3（三）	1.瓈寅老師誕生日，本來故作神秘的老師，全然不知我們早已洞悉一切，給她一個大Surprise，使瓈寅老師深深的愛上我們了！ 2.今天也是做聖誕圈的大日子，大家玩得不亦樂乎，之後就大合照，Sandra與「十二位門徒」照了最後的晚餐。 3.健康課看了刺激的「嶄新的心」，原來醫院每天都發生這麼多事呀！
12 /4（四）	Sandra談高二作弊大串聯的事，You are what you do.
12/5（五）	第六次讀書報告，雅恬《德黑蘭的囚徒》、佳寧《拾荒的小孩》、珮伃《在深夜加油站遇到的蘇格拉底》、雅葶《流浪吧！男孩》。
12/9（二）	第七次讀書報告，喬荃《時間咖啡館》、旭辰《誰偷走我的乳酪》、若綺《再給我一天》。
12/10（三）	人權影展，《追風箏的孩子》賺人熱淚，也給了我們無限的省思，多虧Sandra在第一時間去搶借片子，二〇六成為第一個看完全片的班級喔！
12/15（一）	第八次讀書報告，怡琦《幸福請在對的地方尋找》、妍君《第十三個故事》、玟寧《心靈雞湯》、於姍《第五十六號教室的奇蹟》。
12/17（三）	Sandra換新髮型，讓我們大吃一驚，最近很多人換髮型呢！

12/23（二）	台灣阿甘，盲人的接力跑，二○六替這些勇敢的勇士們加油打氣！精神亢奮呀！
12/24（三）	1. 春暉演唱會，全班三分之一的人都請公假，教室裡空盪盪的好冷清呀！而到了下午，全部人都High到天邊去哩，演唱會圓滿成功！ 2. 平安夜聽好歌，Celine Dion的《This Christmas》，和經典歌劇《貓》的memory。
12/25（四）	交換禮物、飆卡片時間，雖然剛開始不會很High，不過到了下午好像High起來了呢！聖誕節的交換禮物，圓滿成功！
12/29（一）	第九次讀書報告，宇妏《佐賀的超級阿嬤》、禎蔚《三杯茶》、佳宜《星巴克救了我一命》、佳真《和我一樣勇敢》。
12/30（二）	第十次讀書報告，俊帆《拚命去死》、柏廷《小王子》、唯綺《牧羊少年的奇幻之旅》、琇茹《堅強淑女偵探社》、宛姿《龍紋身的女孩》。
1/1—1/4	元旦連假，一起迎接二○○九吧！
1/7（三）	本學期最後一次社課，雞排香味陣陣撲鼻而來，香死整間視聽教室呀！以及人手一杯的飲料。
1/8（四）	看精采的《羅密歐與茱麗葉》，二○六無不看得如痴如醉！
1/12（一）	最後一次讀書報告，新雅《十二歲的天空》、育伶《QBQ》、伶惟《說故事高手》，非常精采喔！
1/13（二）	漏網之魚，家安《活著真好—輪椅巨人祁六新》，完美Ending。
1/14（三）	有一個大秘密暗中進行，美其名是同樂會，其實是要給璨寅老師的歡送會！沒想到，璨寅老師竟然先跟我們道別，精心製作的回憶CD！總之，我們玩得不亦樂乎；感動地不亦悲乎！

二〇〇六好書報告

10/22（三）	芳瑜：這一生都是你的機會 尹琳：姐姐的守護者	祐嫥：時間推銷員
10/27（一）	立綺：你就是自己的幸運星 靜儀：讓你受用一生的智慧	元鈞：最後的演講 瑋韓：旅途中的音樂
11/3（一）	清楠：當天使穿著黑衣出現 欣澔：在天堂遇見的五個人	理偵：等一個人咖啡 韋傑：大冒險
11/17（一）	良靜：享受好生活 亞琳：巧克力戰爭	萍端：巧克力戰爭 俐蓉：燦爛千陽
11/19（三）	佑阡：先別急著吃棉花糖 怡蓁：在生命的渡口與你相遇	佩珊：我的資優班 璨萱：放牛班的春天
12/3（一）	雅恬：德黑蘭的囚徒 佳寧：拾荒的小孩	珮伃：深夜遇見蘇格拉底 雅葶：流浪吧，男孩！
12/8（一）	喬荃：時間咖啡館 佳真：像我一樣勇敢	旭辰：誰偷走我的乳酪 若綺：在給我一天
12/15（一）	怡琁：幸福請在對的方向尋找 於珊：第56號教室的奇蹟	玟寧：心靈雞湯 妍君：第13個故事
12/29（一）	宇妏：佐賀的超級阿嬤 宛姿：龍紋身的女孩	禎蔚：三杯茶 佳宜：星巴克救了我一命
12/31（三）	伶惟：說故事高手 新雅：12歲的天空	育玲：QBQ（問題背後的問題） 家安：活著真好

又開學了！二〇六高二下全記錄

98年2月9日—2月15日　不再「過了就算了」

喬荃

新的學期開始了！時間真的是用飛的，二○六成軍半年了。這半年雖然不長，但卻讓我成長了許多。從一個只會看事情表面的女生，漸漸開始學會試著去了解事情存在的意義，每件事背後所蘊含的道理，不再讓自己面對生活抱持著一種「過了就算了」的態度。

我也開始記錄每一天的生活，把精彩的生活真真實實的記錄下來，不會因為時間的消逝而忘得一乾二淨。以前的我總是會說「到時候再說」、「大不了……」，但是我突然明白，我不能再過沒有計畫的生活了。Sandra面對每一件事情的態度還有精神給我很大的影響，我要把Sandra給我的力量留在我的身上，希望這一學期我能在人生規劃、時間管理，還有團體經營的領域上更上一層。在這哩，謝謝Sandra的諄諄教晦，辛苦您了=D

To喬荃：我也很開心看到你變得不一樣，高中要能在心態上脫胎換骨，大學才能盡情體驗！你要勇敢、堅持！I'll be with you！

98年2月9日—2月15日　目標

宛姿

為了假期考的準備，做了一欄時間分割表，也許不是百分之百的達成率，但至少有百分之七十五的執行率！真的很有幫助，就像於姍說的：「有了更多的能量在累積當中。」之前我很厭倦上課，光是通車就花了不少時間，在課業上沒有方向地瞎讀，跟國中戰友說的話題大都是對高中的抱怨，有時不我與的感嘆！但這寒假領悟到一點，那就是：不管自己多麼的怨恨、不開心，地球依舊自轉，時間也不停的向前推進，不會為了我這nobody而不愉快。這個新學期總是要有些新期許來Push自己向前邁進！

一、時間規劃達成率提升，打破「計畫趕不上變化」

二、通過中級英檢

三、增加閱讀量

四、體能提升

這是重要的目標！

說到目標，和我二姐Puppy談了一下。有些夢想實際上不需去幻想，但對於有機會的夢想，儘管最後還是放棄了，也必須是在死命掙扎之後。在現實社會中，誰沒有夢想？可是能對真正目標侃侃而談的又有幾個？面對未來，我想過往「管理」、「戲劇」發展，直到現在選了「經濟」，這才是目標行程的過程吧！不斷思考、摸索、尋找，即使過程不盡如人意，仍是重要的一環！未來在我手裡，我不要別人支配它，因為真正的主宰者是我！（老師，請問一下有哪些書是和經濟有關的？想了解自己是否適合。）

To宛姿：不妨先讀《商業周刊》，挑有興趣的讀！假如翻了幾本都索然無味，那……要考慮了！

Sandra週記分享13　自我教育

在鍵盤打週記分享似乎是久遠以前的事，雖然費時，但我懷念這種感覺，一如我懷念一疊週記本代表著四十三個不同的心情等我分享。這是我的榮幸，也是我的特權。一篇篇週記娓娓讀來，我們都感嘆寒假去得太快，而高二下學期又來得太早。看著高三學長姐學測成績公佈，感受到那重要的關鍵戰也離我們不遠了，心情更添沉重。

你知道嗎？這些難熬都會被我們熬過去，變成人生當中難忘的回憶，而你們早有過類似的經驗。你走得完國三那年，你當然可以走得過高三這年；而且這次你將飛到更高遠的天空，看更壯闊的風景。我們正在墊高自己的高度，為之付出努力是值得的，你心裡很清楚這一點。所以與其沉重，不如充滿希望；與其擔憂，不妨及早準備，更何況你有我、堅強的教師群，及四十二位超級戰將！

上週我們看幾米的《向左走，向右走》，我講到破除個人的慣性，生活才會有轉機；這週我們看《翻滾吧，男孩！》，講到堅持、忍耐和面對挑戰。你看出來了嗎？兩個片子都在講「勇氣」：破除慣性的勇氣與堅持下去得勇氣。我大學老師教我的人生功課之一：「很多事情是勉強出來的！」勉強自己，別給自己太好過，然後挑戰自己，打破自己的限制。只有自己有這樣的勇氣與堅持，你才能踏出故步自封的安逸與熟悉，接觸到外面的寬闊與機會，最後累積出生命的沉穩與厚度，成長為像自己心目中想要的形象一樣。這就是「自我教育」：讓自己有目標地成為自己想要的人。學校老師和父母終究會離去，你才是那個永遠領導自己的人，也只有你才能找出真正適合你的路。在這之前，你一定要有破除慣性的勇氣與堅持下去的勇氣，而這一切都沒想像中的困難，只要你願意開始勉強自己一點點、多一點點、再一點點，累積一段時日之後，就不會只有一點點，而是你沒料到的不可能。

所有知名人士都曾是你們這個年紀。他們在你這個年紀時並沒有料想到自己日後會如此成功。時間是公平的。人生是公平的。能不能從中累積成功的可能就看自己能不能善用時間，挑戰人生的不可能。我高二時家境清寒，因為房子租約的緣故，已經在一個巷子裡搬過三次家。我當時只立志以後要獨當一面，不靠別人過生活；現今的我以旅遊過近二十個國家，出過書，組過樂團，享受工作，有一堆學生朋友。我並不是M型社會財勢極富的那一頭，但我確實是心靈極富的那一種，而這遠超出我高二時的想像。對你，人生也是充滿著許多驚奇與機會，但驚奇與機會不是偶發，而是累積，你要靠自己的勇氣累積達到不可能的能力。

我們何其有幸，能在一起走一段路。沒有人會孤單的。我們一起努力！

98年2月16日—2月22日　給18歲的自己

良靜

Dear me：

Happy birthday to you，良靜！這將是一個感性的時刻。我，將度過十八歲的生日，十八，是生命的一個里程碑。妳正在經歷一個永生難忘的回憶，但請永遠記得：當挫折和無助降臨於你的時候，請別忘了聽聽自己心的聲音，告訴自己一切都會過去；請給自己一個安慰，世事難料，你不能讓所有事情都變得美妙。人生沒有重來的餘地，過去的就過去吧！給自己喘息的空間，給自己寬闊的胸襟，接納這多變精采但不完美的世界。

然後，生日快樂。

To 良靜：I hope you can see yourself in a positive way.

98年2月16日—2月22日 友誼與收藏

於姍

這個禮拜開始了好多考試，剛開始上課的心情是覺得考試真多；不過如果是在期中考以後，一定會覺得這只是小CASE。

這禮拜我過得有些忙碌呢！我最近要搬家了！所以晚上讀完書都要整理好多東西，囤積十多年的「古蹟」，拿出來的時候，有的很懷念，有的卻是「這是什麼？」的反應，我發現啊，我的國小時期好豐富。一、二年級的老師很用心地做了好多卡片、學習單等等。媽媽和我國小的老師都很熟，（現在也是，因為她是愛心媽媽！）而且我都不記得我國小收到的卡片真的好多耶！所以我一直以為我人緣超好的……

長大後才發現人緣、友情不是那麼簡單、輕易得到的一種感情；真的真的，高二常思考這個問題：「朋友」的意義。兩人之間，或三人以上，只要有一個小誤會，友情將會宣告瓦解；還有就是久久未有聯絡的朋友，隨著學校、班級環境的不同，漸行漸遠，似乎是理所當然的事情。

To於姍：時間是一種考驗，是不是真朋友，要看過不過得了這一關！沒有用心經營的友誼，即使他坐隔壁，也長久不下去。

98年2月16日—2月22日　忍痛跑八百

妍君

這週已是第二學期的第二週了，這週我們開始實行了一項「目標」，那就是每天放學留下來跑操場。每天都有運動，感覺真好！花個幾分鐘、每天運動一下，有助於心肺運動；希望能持續到學期末，甚至到三年級，這星期已經累積了十八圈，我要繼續跑下去，希望每一天能愈跑愈多。W1＋W2＋W3＋W4＋W5=2＋4＋4＋4＋4=18圈。

雖然現在比較有運動，但我卻感冒了。最近終於測完體適能，先是上週的坐姿體前彎，（哇！太久沒拉筋了，骨頭好硬喔！）再來這週二測仰臥起坐、立定跳遠。仰臥起坐讓我全身痛到星期五，忍痛加上感冒努力地跑完八百公尺。儘管如此，但我這次進步囉！原本維持第一名，（因為芳瑜不在！）後來被追過。到了最後半圈，衝刺得到第二名，四分二秒。進步很多呢！每天留下來跑操場，是因為老師說過的那句話：「很多事情是勉強而來的。」也因為看了《翻滾吧，男孩！》那些七、八歲的孩子的堅持，所以我也堅持下去了。在跑的過程、堅持的過程很辛苦，但最後的結果、那碩大的果實真的很甜美。希望做每件事時，只要是自己認為是對的，不會妨礙到其他人的，都應該拿出毅力，不要害怕辛苦，堅持下去！！

To妍君：發現自己可以一路堅持，會覺得自己很「行」，聽來就令人充滿力量！（手握拳！）

98年2月16日—2月22日　翻滾吧！男孩

瑋韓

這禮拜五，看了《翻滾吧！男孩》。這是一部體操的記錄片，我記得國中的時候，音樂老師給我們看了一小部份，自己在電視上也看了一小段，現在終於看到片尾了，心中頓時滿足。不僅把一部片子看完，當然也從其中感覺到些什麼！或許是老師講的，凡事告訴自己再撐一下下，再進步一點點，自己所站的點會比前一步更接近成功。所以當天的體育課我照做了！

其實當天很多女生都在嘗試著。八百公尺對很多人來說是芝麻綠豆小事，但對我而言卻是件大事。從一年級重測八百公尺、險些沒過，到現在女生的第二十五名，我知道我正在進步，因為在整個過程中我一直告訴自己：「再一下下就好，快到終點，不要放棄，不可以停下來！」而我真的做到了，全程沒停下來用走的，雖然這好像不太值得高興，可是這一下下的堅持讓我發現，其實自己是可以滴！

To瑋韓：要善用這種經驗，把它拿來用在面對生活的各種挑戰！再一下下，再往前一點，瑋韓就比以前更強一點！

98年2月16日—2月22日　體操與練琴

育伶

星期五看了那部《翻滾吧，男孩！》後，總覺得心裡的感觸不斷湧出……每天放學就是要往體育館跑，這時候，其他同年紀的小朋友正在玩樂，別說是他們，連我都會很羨慕。想當年，我每天放學除了寫作業，不然就是練琴，當時我也會很不悅：為什麼別人能出去玩，而我呢？

練琴，是件很孤獨的事……

男孩們只要幾天沒拉筋，接下來練習時，肌肉就會感到劇烈疼痛；當我幾天沒碰鋼琴時，手指也會變得很僵硬，曲子彈起來的感覺就都變調。男孩們因為疼痛而掉下眼淚時，我也曾因困難而掉下眼淚……這部片子有好幾幕都令我眼眶泛淚，男孩們的心情，就好像當時懵懂無知的我。然而，現在回想起來，我的童年不正因為鋼琴，才讓我的生活過得比別人不平凡而充實呢！

To育伶：假如當年不練琴，可能童年就少了很重要的區塊！

98年2月16日—2月22日　佩服

尹琳

這個週末和一位老朋友聚餐，彼此都分享著自己的週遭生活，從社團、朋友、老師到課業……我們無所不談，我們這一聊天起來可都忘記了時間，感覺才一會兒，就過了三、四個小時了。聊天當中，發現了彼此上了高中後都改變了不少。

時間過得很快，轉眼間我們已經是高二下了，明年就要上戰場了。我們也聊了彼此的未來。在這之前，她（高職生）提到她的父母鼓勵她考學測，所以她想要和我要高中教材。聽到後我為之震驚，但也很佩服她有這種勇氣想嘗試。我心想，學測對一般的高中生就已經有困難了，更何況是高職生，因為高職生和高中生的課程內容有所不同，若是真的要考學測，就必須一邊兼顧學校課程，又要一邊自修學測內容，豈不是蠟燭兩頭燒嗎？當天我拿了幾本書給她，也建議她再仔細想想，應該以準備統測為主，最後才不會落的兩頭空。也告訴她可以把高中的國、英課本當成延伸教材，以增加自己的實力。也希望她能仔細的想清楚，做出最明智的選擇，對自己負責，未來才不會留下遺憾。

To 尹琳：經過沙鹿高工的側門，在榜單上看到上國立科大有二百二十二人，私立科大有二百二十五人，成績相當的耀眼。相信你的同學很有機會。

尹琳回覆：在幾次的通話中，她提到她再仔細評估後，認為學測的內容確實有難度，她決定放棄這個計畫，努力的準備五月的統測。她也有了目標，想考取衛生類，將來可能是一位護士呢！

Sandra週記分享14　勉強自己多一點

讀完本週的週記，最共通的事情就是《翻滾吧！男孩》這部記錄片帶給大家的力量。看完片子的下一節正是體育課測八百公尺，就在同學跑到想停下來用走的時候，想起了那七個小男生：兩分先生、牛奶糖先生小恩、菜市仔凱和臭屁強……一股力量油然而生，於是振力疾跑，不只完成全程，不少人還因此破了自己的記錄。事實證明，你是可以比你以前做得更好，你只是須要一個機會證明而已。你體驗到「勉強自己一點點、多一點點、再一點點！」的力量，接下來的才困難：把這當成起點，堅持下去。其實這也是最簡單的，因為你早就證明你可以，接下來只要每一次都做到這樣，你累積的耐力就越來越強。請千萬別退回原點，那將使你曾經的努力只是過往雲煙而已，你無法從中累積實力。

我等著看你們接下來的體育課。

想想，假如一部電影帶給我們力量，你要把這力量留在你身上？還是讓它隨著時間逐漸淡忘？上學期的班級讀書會讓大家多讀了許多好書。這學期是名人介紹，我希望這些名人的力量也成為你的一部份。吸收前人智慧，我們將茁長得更強壯。

時序進入春天，弘道樓前兩排高大的小葉欖仁正在發新葉，每天小綠芽都長大一點點，讓清中校園一片生機盎然。這像極了我天天看著的二〇六。春光很短，請你多留意在季節轉移之間種種輕巧細微的變化：晨昏的氣溫，空氣中飄散的味道，光線的明亮變化，夕陽的時間，楓香抽了花穗，冬樹落葉後枝椏間掛著的鳥巢……用五官與敏感的心去觀察，這個春天即使很短，卻充滿了不同的色調、氣味、明暗、溫度，多麼豐美！我上鰲峰山探勘，今年春天來得早，苦苓新葉尚未開展，紫色的花苞就迫不及待探出頭來。我計劃兩週後帶二〇六再探鰲峰山，屆時我們會走得更長、看得更遠。

期待你們堅持的表現。

98年2月23日—3月1日 漸

璨萱

大事之一、二月二十五日（三）第二學期第一次社團活動。因為一個學期結束後就可以自由選擇是否要換社團，而我隸屬的廣播媒體社並不是非常熱門的社團，而且活動大都是靜態的較多，所以很擔心一進教室就發現裡頭是一座空城，只剩幹部和老師面面相覷。幸好沒人離開，心中的大石落下，心情就不禁愉悅了起來！

大事之二、二月二十六日（四）今天國文老師特別「喬」了時間讓我們練習九十八年的學測考題，印象最深刻的是——手好痠……

大事之三、二月二十七日（五）每個禮拜的名人報告登場！今天的主人翁是：佳宜、禎蔚、尹琳和芳瑜，還有理偵和喬荃的寒假生活分享，超有趣！！

大事之四、二月二十八日（六）第六季SBL超級籃球聯賽之明星賽熱鬧開打！！但是，令人有點遺憾的是下半場真的沒有那麼精彩。

＊本週記事

開學後，考試的份量比起上學期真是有過之而無不及啊！讓人不禁想「當年」考基測時也有這種過渡期，時間一點一滴地追趕著我們，使我聯想起了國文課本裡收錄豐子愷大師的一篇散文

「漸」裡頭有一段內容是這麼說的：「使人生圓滑進行的微妙的要素，莫如『漸』；造物主騙人的手段，也莫如『漸』。在不知不覺之中，天真爛漫的孩子『漸漸』變成野心勃勃的青年；慷慨豪俠的青年『漸漸』變成冷酷的成人；血氣旺盛的成人『漸漸』變成頑固的老頭子。因為其變更是漸進的，一年一年地，一月一月地，一日一日地，一時一時地，一分一分地，一秒一秒地漸進。」而我也「漸漸」地體會我已經是一位「準考生」了。

最近，我發現了自己有一個很大的缺點——缺乏自信。不論是歷史、英文還是數學，對於認為是的答案都無法百分之百的肯定，因為不夠信任自己，所以填寫的是另一個答案，得證了答案後又是另一次的打擊。總有這樣的怨嘆：「早知道我就不要改答案，那麼我的分數就不會@#$%&@!$#……」諸如此類的話語。問了許多人，大家都說多多練習一定就會增加信心的！

然而，我的心裡不禁浮出了一個問號：「我非常容易相信別人，簡而言之，就是容易被騙。這樣的我，會因為別人的看法而懷疑起自己的，如此的左右不定、優柔寡斷，連我都弄不清我到底想要的是什麼了。」

To璨萱：危險喔！人生最終能相信的人，就是自己！你有很多和自己「獨處」的機會，給自己加油打氣和磨鍊的機會！

98年3月2日—3月8日　班長的難處

佩珊

大事之一、星期二去打靶，是件很刺激的事。射擊真的很酷！

大事之二、週五日本鳥取縣高校生來清中表演，很難得可以看到的表演，但也等到快睡著了。

大事之三、第二次的鰲峰山健行，走得更高，走得更遠，看得更多，很踏實的一個下午。

大事之四、這星期超充實，考試、作業，天天都在課業中度過，除了週五。

＊本週記事

因為我從小就住在海邊，根本不會去爬山，所以兩次的上山健行、賞花都讓我超興奮，而且我也從每次的戶外活動中，看到更多不同的人事物，不只侷限於學校，可以學到更多。

才開學擔任班長一個月，不但讓我每天過得很充實，卻也發現很多難處：計劃永遠趕不上變化。加上台灣特殊的「情理法」，都是很致命的難處，讓人不得不屈服，想試著改變，卻不見得有立即成效。

班服一事，已經有班上一個小TEAM去製作，段考後大概就可以確定了，除了分工，也能讓有創意的同學提供意見，這樣大家可能會比較有參與感。

這禮拜又心虛了，懺悔自己後，試著努力把未做完的事情補上，愈多的期待和期望，會讓人更卻步；踏實去做，主動去做，是我努力要去學習的。

To佩珊：自己心中要有個底，百分之百的執行率不是不可能，但只顧了執行率，可能會失去彈性及生活的樂趣。我的經驗是：有百分之八十就不容易了！一直都有百分之八十的執行率，長時間累積下來，成果是很恐怖的。

p.s.你一直都做得很不錯！

98年3月2日—3月8日 逼

怡蓁

大事之一、確定三月十三日（五）上鰲峰山賞苦苓花。
大事之二、開始練習合唱比賽，我們這組在星期五留下來。
大事之三、三月六日靜儀、俐蓉的名人報告：蘇麗文。

＊本週記事

今天（三月六日）聽聞更勁爆的三〇七升學內幕，爸爸堅持女兒讀她沒興趣的科目，逼得她快要精神崩潰了！那時心裡的OS：「怎會有父親這樣對待自己的女兒？不管她做任何決定依舊是自己的女兒呀！」回家後，我向父母說明今天你跟我們所說的話。他們大致上會尊重我的決定，但從中我也發現，父母總是愛子心切，上「國立大學」好像是大部分父母的希望！我覺得「溝通」真的很重要，絕對不能到要做決定時才急切地說服父母，那樣可能為時已晚。

「王永慶」好像不怎麼好報告，要把內容講得生動對我而言有點難度。現在我已經開始蒐集資料，也向博客來定了一本《王永慶的人生智慧》，才出爐兩個月而已喲！雖然這本書不是他本人著作的，但作者也很用心地參考二十幾本書籍，十幾本的雜誌，才有這本書的出現，想必這本書是精華中的精華吧！

To怡蓁：到商周或天下，會有些PPT或影音檔，蠻好用的！

98年3月2日—3月8日　義氣相挺放牛班

若綺

星期日我參加了國中同學會。有些朋友相識了，不算幸運；值得相互付出、相知相惜的，才算是百分百的幸運。

以前國三的我，最不願去面對的就是未來，好比高中新生活、新朋友等等。或許我是畏懼；但真要說畏懼的話，卻又不是；我想我是滿足！滿足當下的一切、朋友、環境，以前我國中的班級雖然是偏向放牛班，但成績和他們的性格、處事卻一點也不成正比，沒有成績上的鉤心鬥角，卻有單純的義氣相挺，從我眼中，我看見了最真、最不隱藏自己的他們！

兩年過去了，除了見面有最基本的問候外，大家總會在談笑聲裡了解各自的近況，甚至還能分享對於未來的方向以及願景，即便大家都各分東西，但毫不掩飾仍是和他們最好的相處方式，因為他們值得，值得去表現最真的自己，畢竟國中的朋友和我的關係是更近於「一」的。

To若綺：很幸運，You have friends like these！

Sandra週記分享15　名人報告與對自己負責

今天聽完佳宜、禎蔚、尹琳、芳瑜四位同學的名人報告，加上理偵、蕎荃兩位同學的寒假生活分享，兩節課還不夠用來給六位同學報告，可見大家報告功力都進步了。我指的是：因為報告的同學準備充分，並且很急切地想分享人物或事件最精采的部份，才會時間不敷使用。假如是準備不充分，只當成例行公事敷衍了事，通常會很快就下臺了，不會扎扎實實講了十多分鐘還沒結束。而且你們嫻熟地運用電子簡報，除了列舉報告大綱、資料內容、照片之外，還準備影片、音樂，讓大家對報告內容印象更深刻。你們運用電腦的技能和掌握報告的能力比以前來得更好。假如這是同學平均表現，我可以不用擔心你們在大學課堂上將有的報告表現，你們已不下於一般大學生了。

不過你們當聽眾的能力還要加油。要強迫自己和講者的內容有互動，會讓自己聽報告的時間更有效率。想想看：誰會特別跟你講家喻戶曉的台灣舞者許芳宜？誰會告訴你探險家徐仁修一路走荒野保護的經歷？假如你不曾夜宿海生館，你怎知這活動有多好玩？誰會教你現金流是怎麼一回事？聽報告是增加常識的好方法，省時又省力，請你們要曉得珍惜。二〇〇六都知道我重視報告，報得好不好，看我表情就知道，因此同學多半不敢沒準備就上場，這讓二〇〇六的報告有一定的品質保證。雖然同學報告有時生澀；但聽別人用心的整理，有條理地說給你聽，你只要認真吸收，一定會有所獲得。甚至你可以做得更好：提出問題，主動與講者積極互動。假如你能做到這一點，我保證講者一定對你印象深刻，而日後這些講者可能是成功的知名人士、學者、你的偶像等等；屆時你已訓練好自己聽講並提問的能力，你若能製造和他們有別於其他聽眾的互動，你一定也會很過癮，更享受演講帶來的激勵，就像我一樣。記得九把刀的演講嗎？他提出的漫畫問題都是我第一個大聲回答，他對我一定印象深刻。我還帶了十本書讓你們去要簽名，假如這十本書是我一個人拿去給他簽呢？當一個聽眾，你可以做的絕不是只有聽而已，你還可以訓練你的耳朵、膽識和提問技巧，這讓你成為一流的、有水準的聽眾。

你決定自己當個什麼樣的講者、什麼樣的聽眾。

週四上課，我算是脫稿演出。看到用心的雅卿老師面對「家長給同學未來科系的無知建議」時，讓我也擔心你們是否也暗藏在如此危機之中？你們的家長會不會強力的希望你選擇好就業又穩定的科系？當然，他們這樣想也是為你好，但你自己的想法如何？爸媽的建議符合你的志趣嗎？假如是，恭喜你！你不必當夾心人，在自己和爸媽的期望間拔河；假如你不幸是夾心人，請你要及早對你想從事的領域多些具體了解，並鍥而不捨地和家人溝通，好教他們放心。我最怕的是你根本搞不清自己要什麼，只好聽從旁人建議，而且邊聽還邊三心二意！我也說了不少關於教育大學的壞話，其實是要提醒你：時代不一樣了，以往家長對教育大學的認知，和現今教育大學的出路是很不相同的；誠如應用外語系和外文系的出路，並非因為應用外語聽起來比較實際應用，就比外文來得吃香。我只能說，你得多聽多想，一定要自己思考判斷，千萬別道聽塗說、全盤接受，因為所有選擇之後，你是最直接接受後果的，旁人無須為好心的建議對你負責。理偵去成大大學博覽會時，有個學長講了很棒的話：「念了那麼久不愛念的書，到大學裏應該好好念自己想唸的了。」更何況你日後的工作很可能和你大學所學有關，你想一輩子從事你有能力做，但卻不樂於做的工作嗎？假如你也不知道自己樂於做什麼，那爸媽不會用他們的經驗，熱切建議你去做什麼嗎？你能怪他們嗎？我們的問題不論是自己造成，或是別人造成，不是都得自己想辦法解決嗎？我們為什麼不提早預防問題發生？

回想我自己一路以來的選擇，我很幸運因為自己是老么，並且家中無人唸高中、大學而導致無人可以給我建議，讓我擁有很大的自主權。我念第三類組，立志讀生物系。考上中興大學植物病理系，必須到台中就讀，爸媽也沒意見。讀了一年，實在快窒息了，決定參加轉系考進外文系；爸媽也沒說什麼，反正我就考進去了。畢業後去雲林私校當無執照的黑牌老師，爸媽也說ＯＫ，反正我能養活自己，也都拿錢回家。每年出國自助旅行也都用自己的存款，並且都平安歸來。教了三年決定考教師執照，於是考進彰師夜間學分班，讀了一年取得教師資格。之後厭惡自己受限於一直在管教學生，並且自己的英文能力日漸下降成國中程度，我決定轉戰高中；於是破釜沉舟辭去私校工作再考公立高中。考了六所，在力搏一大群流浪教師後，成功進入清水高中。這一路上，我做決定、我用心準備、我負責。我沒有要爸媽給我錢補習；沒在異鄉放縱自己而讓他們操心，沒辭掉工作給他們養，甚至沒有自己選了結婚對象，又跑回娘家哭訴自己的委曲。我想，以我這樣對自己負責的人，我有資格為自己做選擇。我希望你也這樣；但這一點，你自己決定。

語重心長，孩子，你聽懂了嗎？

98年3月9日—3月15日　尿褲子

雅葶

禮拜二下午去打靶，一開始集合時，我就發生了一件很好笑的事！那時因為要先點人數，所以我們大家就先坐在PU跑道上，等到教官說可以上遊覽車後，大家就陸陸續續站起。我一站起來後，就感覺屁股涼涼的，一看，Oh My God！！我哪裏不坐，去坐到了一塊有水的ＰＵ跑道；最慘的是，我坐了那麼久，竟然一點感覺都沒有！當時怡葶看到後，還開玩笑跟我說：「都還沒去打靶，妳就嚇得尿褲子了啊！」真是有夠尷尬的說！

到了后里，先聽完講解，就要開始實際演練了。看著前面一波一波的上場，我的心情也越來越緊張，輪到我時，戴好鋼盔、穿好防彈背心，聽著指令一步一步向前：射手就位……射擊！！ㄅㄠˋㄅㄠˋㄅㄠˋㄅㄠˋㄅㄠˋㄅㄠ　我一發都沒射到，虧我很認真瞄準的說——哈！哈！

禮拜五的鰲峰山之遊，真的是一大挑戰呢！走到石階那裡時，我還以為已經到了耶——原來後面還有一大段的階梯在等著我，努力爬著那看似無止盡的階梯，到了上面後，往下一看，好有成就感喔！虧我還是清水人，卻也沒爬過這條登頂之路；我更不知道，原來鰲峰山上春天有苦苓花耶——（原來苦苓花長那樣啊！）真是該深深反省一下。

雖然很累，不過真的好好玩喔！！

To雅葶：要帶家人上山看，這樣會有更多人知道！

98年3月16日—3月22日　期中考暫停一周

98年3月23日—3月29日　檢討期中考

尹琳

段考終於結束了！成績大多揭曉了，最令我失望的是數學。這次的段考我將重心擺在數學上，沒想到是如此的淒慘。考前，將考卷和數習的題目都算完了，自己是信心滿滿；考後，臉都綠了，嘴裡大喊著「好難！」心裡卻十分的不甘心。幾天後，成績出爐，大家的心情一片低落，但老師卻說：「這是我出過最簡單的題目。」這時的我是怒火沖燒，而且整天心情超級不好。回家後，完全不敢和父母提起成績的事，衝進房間，立刻拿出令人火大的數學考卷，把錯誤的題目一字不漏的重抄了一遍，重新算了一遍，結果是——大部分的題目我都算了出來。看著考卷，心裡超嘔的！拿著考卷看了又看，想找出考差的原因：

一、數字太醜了，令人害怕不敢下筆算。

二、第一題就不會，之後就特別的緊張。

三、算式多，令我手忙腳亂。

這次一定要記取教訓，別在同樣的地方跌倒，第二次的數學一定要進步。另一個頭痛的科目是公民。經濟學的內容和已往的社會道德不同，專有名詞的解釋和算法令人一頭霧水。不過，還是比數學難喔！

Sandra週記分享16　別放煙幕彈

期中考結束了！這是個應該好好善待自己的週末。幾位同學來借了英檢模擬題，讓我知道二〇六還有鬥士待戰，很高興我還可以提供一些彈藥。加油了！我知道你們禁得起。

我想說說我對同學成績出爐後種種反應的感覺。當幾家歡樂幾家愁時，我希望你們學著坦白、誠實地看待自己成績上的表現，別老用中國人一貫「只看扣分不看所得」，或甚至「謙虛到幾近不誠實」的態度，在眾人前說自己考得多糟。我們應該看了分數，研究應考弱點何在，想想下一回如何改進缺失，然後著手去做，這才來得實際許多。請你千萬別在二〇六施放煙幕彈，讓大家誤以為士氣一片低靡；假如成績單出來，同學發現叫的最大聲的你還名列前茅，這更教人不知如何相信你！如此同學之間會有一股無法互信的猜疑，沒人敢坦白地評斷自己或他人，請問這樣無法坦承以對的同學還有什麼值得珍惜？我絕對受不了二〇六變成這樣虛偽的班級！我相信有些同學對自己高標準要求；但直接、沒有遮攔地把考不好的情緒用強烈的字眼呈現、甚至揉爛考卷，都是很不成熟的作法。與其只會發洩情緒，不如把精力拿來冷靜分析自己。我更重視你會不會砥礪自己，像「牛奶糖」小恩，還有兩分先生，那才是真力量。這力量非關年紀，而與進步的慾望有關。

98年3月30日—4月5日　大隊接力

若綺

這禮拜對我而言發生了兩件事，一是大隊接力大家獲得了第四名，二是對於自己對外在的觀感，還有對於內在的新認知。

比賽開始前，本班十六位女生走出了班級位置，全班一起加油打氣真的感覺很棒！當時心裡還想：有你們的加油聲就足夠了，哪怕最後毫無名次！但當然，有了大家的聲援，我們得名次囉。

本週，老師講到自己感情上的經歷。曾經，我也對情感方面感到無知，甚至單純的以為只要有心，大家都能在這方面表現的很出色很亮麗！而這感覺真的很糟糕！當時的自己，一度對感情產生懷疑，懷疑自己到底給了對方什麼，甚至認為自己其實是需要補足情感上的無知，想當然，結局一定不會是什麼好結尾。這段時間雖然過去了，但記憶終究伴著我，心態上的改變也是它帶給我的，對我而言那段時間很難熬，而或許這是一種痛，但我不得不承認這痛，痛得很值得！因為它讓我真正體會到自己要的是什麼，還有學會負責。

To若綺：怎麼我大學畢業好幾年才想通，你現在就把任督二脈打通了，太——不公平了！

98年3月30日—4月5日　朝著自己的缺口看

唯綺

話說，之前在等我妹放學的時間，我試著每天跑操場兩圈。不過，有一次覺得好累，就想說明天再跑，之後就不怎麼跑了。到了這個星期六和阿茹一起去深波圖書館讀書時，一時興起，就去學校跑了一下操場，突然想起之前給自己的期望。唉！只要給自己一次明天，就會有好多明天跑出來。

嗯，覺得啊——如果當我們進入一個陌生的環境，首先要做的事就是要肯定自己、相信自己，因為會把你擺入這個環境裡，就代表你有相對的實力（是嗎？）若老是覺得自己比不上別人，就算自己在某方面表現得明明比他好，也會逐漸地被比下去；所以，若是永遠朝著自己缺口的方向看，就永遠看不到另一面完美的弧度，所以啦！事情有很多的方向可以看。

To唯綺：ＹＥＳ！我喜歡你這篇週記。思考得很深入，而且結論很優！

Sandra週記分享17　學什麼比較重要

上週五的名人報告，不，應該說本學期每週五的名人報告給我the most beautiful ending of the week（每週最完美的結局），總是覺得自己充了兩種電力，結束一週繁忙的生活。電力之一，同學的報告讓我多認識了好幾位知名人士之所以傑出的特質；之二，是看到同學大幅的進步，教我這當導師的引以為傲，回到辦公室，我的嘴角都是笑的。

這週上到第五課True Nobility，講人性的高貴。我說了很多自私人性的例子，我也講Priority優先權，講了頭皮以上及頭皮以下的差別，甚至分享我如何進了資優班、同學怎麼幫我上師大附中、我又如何在師大附中傑出的同學裡找到自己的定位、如何不捨和社團同學說再見、一群人蹲在十字路口猜拳決定誰先回家……這課講的盡是很大的人生課題，逼得我不得不以我的人生經驗來舉例分享。可是你們知道嗎？我急於分享的心態，就像我對我的小孩一樣：我捨不得你們白花了時間蹉跎，或重蹈我的覆轍。如果我能舉你們站上我的肩膀，看得更遠，我很樂意穩紮馬步，任由你們踩踏上去，一覽不同高度的風景。這是我說那麼多故事的原因。

其實從名人報告這件事來講，我一直在做吃力不討好的事，但卻也是我認為最值得的事。學校從來沒在這事上有所鼓吹或推動，我自己一頭熱是為了什麼？假設沒有安排報告，讓各科老師爭取用來小考，我不也落得輕鬆嗎？

問題就在於：輕輕鬆鬆不是穩紮實力的方法。

那拿來加強英文不是更好？英文是得分之鑰，不是嗎？

問題是：表達能力就不重要了嗎？廣泛閱讀就不重要了嗎？

我想我們都有共同答案：這些都很重要，只是學校都不考。我們應該當個明智的人，即使學校不強調，我們都不該鴕鳥地認為這些不重要，而把它從我們的學習中拿掉。我的責任是教你們有追求更好生活的能力，不是負責蓋出缺席的章而已。所以面對潛力無限的你們，和整個扭曲的教育體系，我選擇我怎樣教我的孩子，我就怎樣教你們。這是我常常要苦口婆心的緣故。希望你們能體會，把我當成一個很關心你心靈的成長，而不是一心一意把清中升學率擺第一的班導而已。

我還是要再說一次：到目前為止，我非常享受你們的每一份名人報告。我很慶幸沒有因為上學期偶爾的失望而停止；反倒因著你們的進步，大大激勵我：要堅持走對的道路，不管一路走來是否有人給予掌聲。謝謝你們。

附上洪蘭和九把刀的文章，我們可以來想想：什麼是成功的定義？到底值得我們窮盡生去追求的是什麼？當我們思考許久，答案一再更變；到有一天，答案不再改變，那我們就可以確定自己要追求的是什麼了。

願你的思考，為你的生活帶來深度與廣度。

好文分享2 所謂成功

洪蘭（摘自《知書達理》一書）

我去中部開會，在火車上，旁邊坐了一位要去參加夏令營的高中生，我問他將來想做什麼，他毫不猶疑地說：「想做個成功的人。」我問他成功的定義是什麼，他大惑不解的望著我，意思是「這還需要定義嗎？」我再問一次時，他才勉強的說：「當然是賺大錢，變成最有錢的人。」我說：「那錢賺夠時，又要做什麼呢？」他大笑說：「錢有賺夠的時候嗎？錢還會怕多嗎？」

最近《商業週刊》針對六年級世代的人作了一項調查，發現每八個人中就有一個認為要賺一億元才夠，更是印證了這個年輕人的話。問題是賺一億元給誰花？他要怎樣揮霍才用得掉一億的新台幣？

望著他年輕的面孔，我知道現在說什麼都沒有用。人生有些經驗是沒有辦法用言語傳遞的，必須等時間到自己體會，這是為什麼會有「千金難買早知道，萬金難買沒想到」，時候未到，即使說了也聽不進去，但是作為一個老師，這麼小就拜金的現象卻使我很憂慮。以往年輕人的壯志、理想所謂中國人「士」的精神到哪裡去了？五四真的離我們太遠了嗎？更何況以賺大錢為人生目的的人，在目的達到後會覺得非常空虛，因為他的人生目的其實只是別人的一個手段而已。

我在念研究所時，指導教授的父親過世，在葬禮中，每個人發了一張小卡片，上面印著貝西・史丹利（Besty Stanley）一九〇四年的一首詩，題目叫〈成功〉。大意是一個成功的人過得很快樂、笑口常開、被很多人所愛的人；他得到純潔女士的信任，飽學之士的尊敬；他在崗位上夙夜匪懈、盡忠職守；當他離開這個世界時，他留下的東西使這個世界比他剛進來時更好；這個東西可以是做個好爸爸，創造一首詩，救一個靈魂；他從來沒有忽略大自然的美也沒有忘記表達他的感謝；他永遠看到別人的好處，也盡其所能的把他的長處貢獻出來；他的一生是別人的啟發，別人對他的回憶是由衷的感謝祝福。

我的老師站起來朗誦這首詩，然後說，他的父親是亞美尼亞的移民，一生歷經戰亂，但他樂觀、正直、有勇氣，一個人漂洋過海到新大陸尋夢，也成就了很多人的夢。他沒有錢，但他做到了這首詩上的每一個條件，在他們孩子的心目中，他是個成功的人。父親走了，他很難過，因為懷念他，但是父親成功的過了一生，死而無憾，所以他不悲傷，因為死亡是必然之路。

這場葬禮令我非常感動，過了三十年沒有忘記。成功不是賺了多少錢，而是影響了多少人，為這個世界留下些什麼。年輕人應該有這個大志，世界因有我而更美好。心理學上已經發現，沒有意義的快樂不會長久，心靈的空虛是再多的物質也填不滿的。怎麼讓年輕人在開始走人生的路時就了解到這一點，是我們生命教育最重要的任務。

下車時，我把手邊看的小說《金色夜叉》送給他，希望他不會為金色夜叉（錢）的眾多面目所迷惑而迷失自己。

好文分享3　過重的父母期待

九把刀（中國時報三少四壯專欄）

又到了學測的季節。

前一陣子在我的網路個人板上，許多人討論著當初大學聯考或學測後填志願時，常受到父母的威脅利誘，不得不改變原先對未來的想法。有些父母甚至將孩子的志願卡藏起或撕掉，非常機八。

網友談起親身經驗，發現很多父母都很喜歡強迫子女（尤其是女孩子），選填師範體系的學校，理由再清楚不過，就是子女將來的職業清楚明白，是條為人師表的康莊大道。結果誰料得到正式教師越來越難考，流浪教師每年十幾萬人……還持續增加中，如果不是對為人師表懷有高度熱忱，這些一畢業就失業的孩子肯定很賭爛自己的父母，更賭爛自己為什麼當初要順服父母的期望。

有個網友大學指考的數學成績九十六點八，想念商學院或資管，結果被父母壓去念幼教。由於她實在對所學毫無感應，每學期都在二一邊緣，好不容易熬到實習結束已虛擲六年光陰。她說：「只能說，一切都是父母親不切實的期望。因為他們的愚蠢以及我的妥協，浪費了我黃金的歲月六年。我的父母這樣做，他們得到什麼？他們得到我與他們的關係異常得疏離，疏離到就算住在家裡，每天最多不超過兩句話。」

為了愛，為了用自己的方式去愛，父母是世界上最容易憂心忡忡的一對動物。

如果孩子決定要念「消防學系」或「森林系」，他們一定很嚇。但越是冷門的科系，很可能意味裡頭藏著非常專業的知識系統——而且，競爭也相對低。我有個一起長大的好友大學念的是測量系，有整整四年我都偏執地認為他畢業後要去設計尺、圓規、三角板之類的東西（是的，我蠢斃了），結果他考國立研究所的錄取率超級高，高考公務員六級通過，如今他一帆風順。

物極必反，本是常理。

如果有一半的人都念醫科，那麼我們去動個心臟手術，大概只會收一份豬排便當的錢——正如許多財經系畢業的績優生，其實並沒有在櫃台數鈔票或替客戶操作基金，而是在街上發現金卡傳單。你替他不值，他也很幹。

其實大學念什麼，就跟孩子將來的職業有關嗎？我看非常的未必——如果商業週刊做個統計，我很願意被回嗆。話說回來，就算大學念的東西跟你的職業息息相關，在你十八歲就得在志願卡上做出職業選擇的時候，嚴重誤判也是在所難免。

只是因為超喜歡算三角函數，就想填進數學系的人可曾少了？

擅長解化學反應式，就誤以為自己也喜歡做化學實驗的人可曾少了？

就因為生技聽起來很酷，滿心以為考進去就可以開始複製林志玲、或是製造透明光的蠢貨，又可曾少了？

再說萬年大熱門醫科吧，如果你的孩子沒那種腦袋你還掐著他重考，別說他終究還是考不上的局面，就算他真的當了醫生，但將來不幸在動腦部手術時打了個噴嚏，他第一個想到要扁的人，恐怕就是父母了。

念什麼都有風險。就算你了解自己，你也可能不了解系所。了解系所，卻可能不夠了解自己。

常常你都得鍛鍊自己的「延展性」與「適應力」，那才是真正的競爭力，而不是一種「學歷／職業」上的保護傘。父母在這種填卡關頭，還是少給壓力，多給支持的好，真正的期待該放在「讓孩子成為一個，在面對困境時擁有強壯心靈的人」吧！

98年4月6日—4月19日 連假三天

欣澔

這兩個週末過得很充實。

上星期日跟王韋傑和黃清楠去彰化和鹿港，前一天還一起討論著如何去，一起規劃著路線，這對我來說可是初次的體驗。我們搭著火車十點就到了彰化，到了那裡，真有點陌生，路上十個人有八個是外勞，感覺非常奇怪。不過到了中午就有很多「台灣人」出現了。我們吃過肉圓之後，就去孔廟攝影做建築報告，碰巧遇上當地的社區大學老師在上課，我們就在一邊旁聽，還真有一點收穫呢！大概在那裡停留一個半小時，就準備往鹿港。搭車時還真可說是一波三折，說來話長，不過順利的到了鹿港。街上熱鬧滾滾，吃完中餐後，就去了龍山寺和文開書院，要回彰化時，搭車又遇上了困難，還好最後也還是順利的到家了，回到家時真的好累好累！

這週等於是放了三天的假。園遊會好不熱鬧，賺的不多，但是玩得開心，多了個經驗也非常不錯。不過我又變得好黑好黑。隔天早上我讀了一下書，下午就臨時起意，又騎單車去彰化，去那繞了一圈就又回家，純粹就是為了運動。雖然天氣陰陰的，但是我還是被曬得更黑了，所以我決定要去買防曬乳了。

星期一補假，一早在家吃吃睡睡聊聊天，一下子就下午了，下午我幫忙看了一下店，就又突然跟我媽說我要去台中看電影，我媽竟然答應了，結果一個人到了台中混了一晚，十一點才回到家。

我很感謝一直讓我予取予求的爸媽，我真幸福！

To欣澔：應該說你也令他們放心，才能教他們放心答應，這是種良性循環，雙贏策略。有時我真的好希望其他人的親子關係也可以這樣。相互珍惜、信賴成為彼此的動力！

98年4月13日—4月19日　園遊會

玟寧

這禮拜四，喬荃媽媽載我們到台中學如何爆米花。一開始覺得應該是沒什麼，想不到步驟還真多。在練習操作時，喬荃還喊說：「快！快！快！」，手腳也開始緊繃，深怕它會烤焦。不過這一次的經驗也讓我覺得好滿足！

禮拜六就是期待的園遊會。一早，喬荃媽媽開著車載了好多機器，幸好這次有她媽媽的幫忙，許多事才能解決。之後就一直到外面推銷爆米花。這天剛好是大熱天，大家似乎對爆米花都沒有太大的興趣，所以只能使出絕招，那就是用半強迫的方式一直賣給認識的人。最後和連怡葶賣了好多飲料，果然大家比較愛喝冰的。這次活動裡，老師您說對我們很放心，也要謝謝佩珊班長，做得很棒。

四月二十九日的合唱比賽即將到來，希望大家都能夠團結，畢竟這是高二的最後一次比賽！加油吧！二〇六！高中生活不要留白。

期待畢旅了——

To玟寧：是啊！一群人同心為一個目標努力！那種感覺很棒！

98年4月13日—4月19日 爆米花的回憶

珮仔

星期六是期待好久的園遊會啊！雖然賣的東西我都不太喜歡吃，但那些東西卻給了我很棒的回憶！

小時候，大概是幼稚園的時候吧！記得那時爸媽每天都在工作，早早出門卻都晚晚回家。在我的印象中，好像根本沒看過爸媽的模樣。那時，每天與我為伴的只有哥哥和爺爺。有次爺爺出門，我剛好肚子很餓，於是哥哥便做爆米花給我吃，對我而言，這是個很美好的回憶，尤其是現在哥哥正在當兵（金馬獎），更讓我覺得很懷念。這次園遊會親自爆爆米花，感覺更加深刻了，濃濃的焦糖奶油香，讓我想到以前和哥哥的回憶。不同的是，站在我身邊的已不是哥哥，而是二〇六的同學們；在爆爆米花的，也不是當年需要被保護的小女孩，而是現讀高二的快成年的人，時間真的過得很快，對吧？

這次的園遊會給了我很大的feeling，很高興有大家一起參與，今年的園遊會我很高興——想到很多很棒的回憶！

To珮仔：你這篇最另類了！好像十多年一晃而過，令我看了也好有感覺！長大了就是這麼一回事嗎？

98年4月13日—4月19日　事情果然是勉強出來的

清楠

大事之一、校慶、園遊會。
大事之二、離段考剩三個星期天。
大事之三、段考後的名人報告。
大事之四、還有美術建築報告。

＊本週記事

令人期待的校慶，老天爺很賞臉的沒下雨。到達學校，走到教室，很好大家都在幫忙摺紙盒，嗯嗯——不錯。想說我也該做些什麼—機會來了：搬東西！What？這麼好的人才，難道只是搬個東西嗎？是的——很抱歉，人才，就是負責搬東西。哈！結束了冗長的致詞，園遊會很快地開始了。盛大熱鬧的景象，大家都很快樂。時間很快地到了晚上。令人興奮的夜晚，令人難忘。為了這晚，佈局了好久，精心計算，徹底沙盤推演，萬事俱備，只差七點半這個時間點。演唱會不是六點半開始嗎？這個問題問得好，因為這是我給自己的一個特殊的經驗，特殊的犯罪經驗。是的，就是不買票！時間倒數，三、二、一，行動。

進入校園，靠！防範甚嚴，甚至還有台警車，靠！想嚇誰！我可不是被嚇大的！計畫是萬無一失的，還剩下四條路。繼續深入，到達剪票口，層層把關，看來想裝死混進去，不大可能。還剩三條路。接著六藝樓後方，看似完美的路線，出口，被封條封住，並有眼線分布，看來太小看學治會了。還剩兩條路。繞出校外，原本的圍牆由竹籬笆代替，要翻過輕而易舉，但，離主場地還有段距離，被封條整個包圍住，並派人巡邏，剩一條路了——「回收場」。不！太有心了吧！竟然架了高台駐守，視覺無死角就對了，是吧!?唉——萬念俱灰的回到大門口，八點，比集合時間晚了半小時，算了吧！打道回府吧！就放他們一次鴿子吧！突然——腦子閃過老師的話：「事情是勉強出來的。」沒錯！抱著最後的決心和希望，準備正面突破剪票口。果然，決心把同伴們引來，裡應加外合，只能說是巧合加運氣，裝死就順利混進去了。

哈！事情果然是勉強出來的！

To清楠：你喔！把我的話這樣錯誤引用！小心我告死你！

98年4月13日—4月19日 I am who I am.

宛姿

有一週沒寫週記真的是不習慣！突然有好多事情想寫！

合唱比賽，其實只有少數的人不太用心，但是全班都還蠻有團結意識，小劉很用心也很認真，只是「領導人」真是不好當，要顧慮的很多，而且在當中又不能失去自己的主見。之前啦啦隊讓我體悟很多，現在我是被領導的，有時也會發現，原來上面和下面的溝通真的很重要！少了溝通不愉快便會因而滋生。

園遊會熱鬧的落幕了！當個商人好累呦！一開始大家看到「爆米花」就轉頭，更別說「巧克力」了！畢竟也有其他班賣相同的東西。「賣相」、「口才」、「態度」、「店面」，全都成了成功的關鍵。一直到園遊會結束，還真是謝謝大家清理攤位，不然我一定會被罵到臭頭。晚上的校園演唱會high爆了，我們搶了頭香，在第一排耶！雖然被後面擠得很不爽，可是站在第一排就是爽啦！

接下來就是讓我一直很震驚的名人報告。喬荃、珮仔的報告讓我想了很多，也突然領悟了！升上高二，老是害怕參加英劇社會影響課業，對於許多活動都畏畏縮縮的，也很羨慕同班又同社團的若綺和旭辰，總是知道自己在做什麼。現在我開竅了！不要等到高三再後悔，在最後的公演中，拿出最熱情的參予！那是我在意的事情；所以當下有機會就拿出最好的自己，即使再幾個月就高三了，我仍有這份追求的熱情！套一句艾弗森的話：I am who I am.

To宛姿：Amber，你最需要的就是balance，在活動和課業間均衡。教你只是K書，滿足不了你。你是活動型的孩子，但你若學不會均衡的技巧，沒有一個師長會全力支持你去「活動」，especially your parents！Priority和時間掌控對你很重要，上課絕對的專注和每日功對你更重要。只要你輕重拿捏清楚，抓緊時間每日訂時K書，專注於學習。

Amber啊！憑你思考型的個性，旺盛的活動力、魄力和ＥＱ，你一定會很不一樣的！

You will stand out!!

Sandra週記分享18　回到唱歌的原點

拼了！我得勉強自己一點，要求自己把週記改完，把分享寫完，才算和你們保持心靈上的接觸，才算和你們在一起度過這大小事，這屬於二〇六的每一天。

其實為了上週五請假，北上參加洛夫的六十周年創作展，我的時間和心力都還在透支狀態，拼了一週都還沒補過來。不過我並不後悔，因為日後我會記得這個聚會帶給我的震撼和激勵，忘了我趕上工作進度的繁忙。這是我上次週記分享和你們談過的Priority優先權：用來日的評價，決定今日該在什麼事下功夫。這次北上，我看到來自文壇的各家大師如何向一位創作六十年的老詩人致敬；看到那堅持不放下的筆如何從年少寫到年老；看到了詩行如何見證了詩人的一生。頓時心中澎湃莫名，又興起繼續創作的衝動，重拾出版個人詩集的念頭。黑格爾說：「文字是存在的屋宇。」我想我終會完成這個夢想的，我要用我的文字見證我的人生。因為我是個傻子，我衡量一件事情做與不做，常不是基於難度，而是我有多相信這件事情的價值。假如值得做，即使辛苦、孤獨，我也會咬緊牙根、全力以赴；假如那麼做沒太大意義，或只是表面功夫，只撐一時，即便只舉手之勞我都覺得累、不情不願。蘋果電腦的總裁Steve Jobs在史丹佛畢業典禮致詞的最後兩句話，你還記得嗎？Stay hungry. Stay Foolish. 雅恬報告的名人彭建偉說：「做人天真，做事認真，目標當真。」Stay Foolish應該包含對夢想天真的執著。我情願傻，也堅持要做值得的事，這是我的「優先權」。

這週英文演講的俐蓉、佑阡和理偵為自己的高中生活添了難忘的色彩。從她們自願參賽、討論講稿、接受指導、到一次又一次上臺講給全班聽，虛心接受同學指教，我看到三位勇敢的女子擺脫安逸、迎向挑戰，那樣的姿態教我以身為她們的老師為榮（當然英文作文的新雅、怡玗和立綺也很不錯，只可惜她們不用站上台，沒讓大家看到她們令人雙眼為之一亮之處。）過程中，我看不到勉強和不情願，指導的過程好像在目睹她們在突破自己，創造不可能。我最喜歡這樣，也覺得年輕人就該有這股衝勁。附中人最愛說：「人不癡狂枉少年。」勇敢嘗試，不怕痛或辛苦，是種癡狂。癡狂用對了地方，人生要不精彩也難。

祝福這六位勇於挑戰自己，突破自我界限的女生。

再談二〇六的合唱，好像唱著唱著，唱到只記得比賽、卻忘了唱歌的快樂。遲疑、等待、保留，都不是我們這兩首歌的感情。我感受不到那份想對媽媽表達的綿長而真誠的謝意，也聽不到摩西向法老要求放走以色列人的堅決。你們是不是忘了這兩首曲子的意義，只知道我們得參加合唱比賽這回事？當歌唱只剩「行禮如儀」時，歌唱真不是種享受，而是責任；責任怎會比享受更讓人投入呢？沒有投入怎會有好表現呢？你若不懷著那份謝意、那份果決，你怎表現得出那種感情呢？你感動不了自己，怎麼感動別人？虛情假意的藝術最多只剩技巧而已。二〇六怎麼可能虛假？你們應該是怕吧？怕唱錯、唱走音。可是你不唱出來就無從唱對，誰一開口就音準拍子對？越怕就越退縮；越退縮就越沒感情，到最後就只剩「行禮如儀」，好像唱演唱會卻對嘴，連最後的誠意都不見了。勇敢一點，把情感表現出來。唱錯可以改進，可以越來越好；唱得沒感情就沒輒了，感動不了誰，又何必唱呢？

試想，假如我對你們只是責任，不須要愛你們，我們之間會怎樣？那你就不難想像，假如你沒放感情唱「天頂的星」和Let My People Go，這兩首歌會怎樣？

有沒有感情，和有沒有音準、拍子對不對一樣重要，而且更容易做到。我們是不是都忘了唱歌最基本要表達的？

我會陪著你們繼續找出真感情。請你也要拿出真感情來面對自己、面對我。一起勇敢、一起加油吧！

98年4月20日—4月26日　優人神鼓與蔣友柏

家安

大事之一、優人神鼓來校演講，真的很振奮人心！
大事之二、星期五若綺、新雅、旭辰的名人報告好精采。
大事之三、週日二〇六合唱彩排，微寒的天氣，大家全力以赴。

＊本週記事

這個星期三參加了優人神鼓的介紹演講，這大概是我最近聽的演講中，少數從頭認真聽到尾的一場吧。真的還挺佩服他們的，騎自行車環島應該就有得受了，他們竟然是用徒步的方式；中途還不停的演出，實在是超級厲害！！記得爸爸問過我要不要也騎腳踏車環島旅行，我卻回答「可以開車嗎？」唉呀，跟他們比起來，我也太弱了吧？真是慚愧！

星期五聽完新雅的名人報告，有一種腦袋被重新洗腦排列的感覺，其實我一直以為蔣友柏只是一個有錢人家的公子哥兒，偶爾出現在電視上發個言而已；沒想到他的成功也和小老百姓一樣，是一點一滴累積出來的；這讓我對他的印象徹底的改觀。我喜歡蔣友柏的「歸零學」和「毀滅學」，雖然都必須放棄自己現有的一切，但是那會創造一股更強大的力量吧！

To家安：所以我很愛週末下午！超愛聽二〇六名人報告的！

Sandra週記分享19　一個人的價值

謝謝你們在週記上忠實呈現園遊會現場，讀來令我不難想像當天的四十三個忙碌的身影。

其實，我一直沒告訴你們：我很怕園遊會，因為我對園遊會很沒參與感，多數成分是責任感。原因之一，我覺得園遊會上的食物品質很不穩定，由學生操刀的食品，會不會……（你知道的嘛！）之二，我常得陷入人情拉鋸戰。任課班級一定會拉客，而是讓學生失望，非我所願。之三，我不知道我可以為班上做什麼。我當然可以去洗洗切切，但我不想越俎代庖。該你們的責任歸屬，不應因我的介入而混亂。何況，領導者是班長、不是我。如果狀況來臨時，大家只會望向我，你們怎麼學會應變？於是，硬是教自己什麼都不能做、也不要做的狀況下，我就很容易沒參與感，自然也就沒存在感。不過幸好群岳、群芳來了，而且我讓你們排班表、登記營業額，我就可以去查班；我還幫忙帶了鍋子，借了延長線，事後還可以做一張大卡片……我覺得自己還不至於真的一事無成，不、是一無是處。

你知道嗎？園遊會最令人難過的，不是賠錢，是覺得沒有參與感：就是那種「班上有我沒我都沒差，反正事情都會有人做」的感受。我想，這就是為什麼去年有同學一站就一整個早上，沒人來換班的原因吧！那些一直逛攤位的人，其實一定也感覺無聊至極。無聊，是種很扼殺生命力的感覺，令人很沒存在感，覺得自己沒什麼用；雖然落個輕鬆，心頭卻沉重無比。看著你們用力地刷巧克力地板、巧克力電線、巧克力電磁爐……你們一定在忙的同時，看到自己能和一群朋友人一同付出而覺得開心。這其中印證的是友誼，是信賴，是向心力。這是我深深感動的原因。加上一早上忙下來，平均每個人賺六塊九，這結局真是太妙了！我們的開心，真不是金錢可以衡量的！

記得我說過，一個人的價值，在於團體高興有他，還是巴不得沒有他；他對團體，是加法還是減法？這就是他的存在價值。這種人的成就對團體有益，而不是只對個人有益；是圓滿的、雙贏的；而不是自私的、片面的。當今社會功利主義盛行，正是缺乏這種積極存在的價值觀。我很希望你們能體會「有用處」帶來的忙碌，遠勝過自私的「落得輕鬆」。

合唱比賽在即，每個人的存在對班上都很重要，這也是高二最後、最精采的句點。請用投入、享受的心情來完成。如同優人神鼓所說：「回到原點」。唱歌的原點，就是感情；感情的表現是造做不來的。我會看著你們在舞台上，投入享受這一場精采可期的表演。

I love you, my kids.

98年4月27日—5月3日　三冠王風波

元鈞

天啊，這個禮拜又興起了大風大浪，兩次在二年級的重要比賽裏，我們班都是在風暴之中度過；真不知道該怎麼說啊——

星期三好好犒賞完自己之後，隔天到學校又開始了一場騷動……我們做了什麼？為什麼要被這樣說？剛聽到這些消息，自己也感到忿忿不平；難道只為了我們沿用去年學長姐的創意？但上網瀏覽過一些文章後，才發現事情並不是我所想的那樣……原來學長姐們要的只是希望我們可以對他們的指導表達一點謝意；仔細回想，我自己似乎也沒有及時向學姐們的指導道謝；這一點疏忽卻在無辜同學們的網誌中引起一連串的砲轟；是啊，態度是比一切都重要的。經過這次，我希望自己在往後的路上可以不要只看事情的某一面，也必須更客觀地審視事物的每一面。

不過還真不知道某些局外人為什麼要來湊熱鬧？還不分青紅皂白地加入戰局亂罵一通，但我們要團結起來，一起度過風雨！

To元鈞：降溫吧！我只知道如果疏失和誤解都是難免，但抓著別人的瑕疵猛打，到底爽了誰？我選擇以好的態度來面對，那決定了我的觀點和作為！

98年4月27日—5月3日 三冠王風波之二

雅葶

這個禮拜最開心的事，莫過於合唱比賽的「三冠」了！一想到之前練到快發瘋的過程，可以得到這麼cool的結局，真是連走路都會偷笑耶——而去麻辣王慶功的那一頓晚餐，吃起來也格外Happy和Hihg呢！一整晚笑容都沒離開過臉上！

不過笑容沒持續太久。禮拜四、五所發生的那些事，真的是把我的喜悅都給殺光光了！原本一直以為那些批判，都只是同屆對我們的小小不滿，所以都沒太注意。（因為如果今天是別班拿第一，我想我也會覺得很不滿！）沒想到看了姍姍的網誌後，才發現——代誌大條了啦！怎麼都罵得那麼難聽，每看一篇回應，都令我好難過又好生氣喔！原來，在大家眼中的二〇六是那麼的……

不過後來聽了Sandra跟我們說的一些話後，心中才稍微釋然，沒錯！「一切都會過去的。」我不要一直往刀口上走，我更不想在以後的日子裡，回想起二年級的合唱比賽，都只有這些Rumor和打擊，我要留在心裡的是，我們二〇六一起努力的那份迷人神情和精神！

（也希望三〇六學長、姊在收了我們的卡片後，能感受到我們的誠意！）

To雅葶：我也要重振精神，不受負面文字影響，好好過日子。

再八天，三年級就停課了！我就不用再上三年級了。只要一天上一、二節課。好開心喔！

98年4月27日—5月3日 三冠王風波之三

宛姿

星期三，禮堂的尖叫、興奮，是的！我們做到了！但是在「三冠」的背後，我們也須承受大眾的壓力，這件事要得要運用智慧，好好解決。校園裡的流言蜚語，網誌上大家的口角衝突，嗯！真的很氣人。不管再怎麼不想聽到，還是會知道學長姐、同輩的二年級無不沸沸揚揚。事情總會有過去的一天，單看我們的處理態度，這是我們所要學習的。「勝不驕」真的很重要！小劉帶著我們班的感謝卡給三〇六的學長姐，不管他們是不爽我們的態度，還是彼此對「抄襲」的定義不同，這是應該做的。

國中我的班級三一〇，也同樣承受過這種壓力，但是卻有不同的收穫。國一大家血氣方剛，吵得快打起來，老師對我們班卻是一再的開導。到了國三我們班同樣是得了冠軍，但是這次抨擊的耳語減少了！別班對三一〇是肯定和讚美的！態度不同，真的可以有不一樣的結果。

這假日，第一次到學校做英劇社公演的道具。記得去年因為家長的反對沒有來幫忙，直到公演當天才知道：原來所需的道具量是如此的龐大！這次我不想再發生一樣的遺憾。禮拜六做道具的過程中，讓我多了更多的能量，知道現在的我該如何達到Balance；而且那天在畫背板，沒想到我連「油漆」、「水泥漆」都沒有分清楚，結果整隻手都是綠色的，而且黏黏的，我還是第一次用松香水洗手，只能說那不好聞，而且快窒息了！

從升上高中時，我總是怨天：為什麼我的努力會落到來讀清水高中？我討厭每天上校車！我討厭這個學校！還覺得揹著清中的書包走在豐原，是很丟臉的！可是現在的我熱愛這學校，他帶給我的東西是在豐原不曾學到的，不再是為了現實而讀書，而是為了自己而努力！

To 宛姿：能聽你這麼說，我才能確定你會往對的方向走。Thank U for letting me know！

98年4月27日—5月3日　有這種朋友，夠了！

唯綺

這個星期真是感觸良多。

先說星期四的感覺，那天得到很多的抨擊，心情就有些鬱鬱不樂。回到家後，坐在書桌前，突然收到七班的一個朋友發給我的打氣簡訊：「不用去在意、理解別人目光裡的意含，只要自己知道自己在幹嘛，就夠了！」看到這句話時，整個心裡湧現出一股澎湃的情緒，而且也想到下一句：「不管是什麼群體，都會有私心、競爭心。」每個人都認為自己班最好，所以一些批判性的話出現，是在所難免的。

之後，我就躺在床上，覺得：有個這麼好的朋友，真的是件很棒的事。想到在比賽前一天，珮伃也發了一封簡訊：「相信自己！」然後又想到之前在選伴奏的時候，妹妹拋來的冷言冷語：「這種事，交給別人去做就好了！你以為你很厲害嗎？」還有家人對我每天留下來練習時的不諒解，他們覺得我根本沒心思在唸書。後來，我想到之前向佑阡借的李開復的書，裡面有一個句子，讓我很有感覺：「你沒有試過，你怎麼知道你不行？」所以，我去試了，為自己去做了一件我很想做的事情。（我可是從高一時得知有這種比賽，就對自己說：「我想要做伴奏！」）最終得到最佳伴奏獎！整個心情是很複雜的，覺得自己為自己做了一個很大的進步。之前的努力和堅持是值得的，也知道自己身邊，其實還是有很多人的關心。

經歷了這次合唱比賽，讓我更相信其實只要有心，沒有什麼是做不到的，而所要做的是「相信自己」。

To唯綺：這真是一場很棒的經歷！

你的週記讓我很放心！唯綺，你長大了！二〇六的合唱比賽，你是收穫最豐富的人！（我好想唸出來給同學聽，可以嗎？）

Sandra週記分享20　看到事情的本質

今天真是史無前例。清中舉辦合唱以來，不知道有沒有班級竟然能一次拿下過半數的獎？分組後總獎項也不過五項，二〇六一口氣就奪下冠軍、最佳指揮和最佳伴奏。驚叫聲中，興奮、戰慄的感覺從腳底一直往上爬到腦門，Thrill！就是這種感覺！第八節結束，我得留在辦公室辦半個多小時，才能比較平靜地走出辦公室。（我不是說要有勝利者的風度嗎？低調就是最佳風度之一。）之後，若有人再提起這件事，我打算「暗爽在心裡」，然後口頭上說：「謝謝你的肯定。我們班真的很努力。」別說我很假，總要給沒得名的同學和他們的導師留一點心意。我覺得贏家全拿是最沒風度的贏法。之前的啦啦隊我們承讓了，還賺到二〇五的友誼，我們因為沒有第一名而看到更多；現在我們囊括三個獎項，應該也要試著看到更多。我的建議是：別去說別班。可以和朋友們討論，但別傳來傳去，教人家笑話這個第一名也只是個無事生非的半瓶水而已。那真折煞了我們努力得來的獎項。

而真正教我開心的，是看到你們再一次把自己交給二〇六，放下自己的擔心、懷疑，讓領導的同學帶著你去一同完成一個艱鉅的任務。其實我們也不一定要得名，不是嗎？我們大可以張開口但不出聲，不是嗎？我們也可以拿家裡有事、補習、搭不到車等等藉口不參加練習，這又不違反校規，不是嗎？只是真的這樣做，我們就不會有「有價值」的存在感，而這種感覺是讓你喜歡留在團體中很重要的因素：你知道你可以派得上用場，可以為團體盡力。（所以那天早上旭辰請假，教我心頭一顫！）。我要謝謝音感好的同學不厭其煩地帶著各部練習，因為你們，我們才能練習正確的唱法；我也要謝謝老唱不準的同學耐心地一直被糾正，沒有放棄，反而更勇敢唱出來。我希望全班因這次比賽看到一件事：放心地把自己交給領導的同學，即使你沒信心做到。這是個精進自己的機會。

還有，我要提醒你們：學會在失焦或感到迷惑時，回到原點看事情。回到原點看似沒進步、甚至浪費時間，於眼前事況無補。但事實正好相反。九把刀的三少四壯專欄集結成「慢慢來，比較快」一書。這書名就很弔詭，卻很貼切我這「回到原點」的觀念。上週我說唱歌的原點，就是感情。假如比賽當天我們音準、拍子都對，但少了感情這一味，二○六一定遜色許多。如我賽後所言：面對比賽，反而要把許多事情丟開。名次丟開，面子丟開，別人評判的眼光丟開，看到事情真正的本質在哪裡，才能不迷失，才能義無反顧。這才是正確的、值得全心投入目的。周二放學時，我上了清中網頁，看到立綺贏得英文作文第二名，新雅第五名；理偵和俐蓉分列英文演講第五和第六。而我也感受到因為訓練，我看到佑阡和怡琤令我激賞的一面。這是老師指導學生參賽的原點：磨鍊自己，精進自己，進而證明我可以。升上高三後會有一堆考試等著挫你的志氣，假如你沒弄懂考試的原點不在分數而在檢驗，我擔心你會屢戰屢敗，考越多越沒自信。但是你若誠實面對檢驗出的弱點並盡力解決它，你就會屢敗屢戰，越考越有實力。

你能體會我有多以你們為榮？不單是三面錦旗，而是一種心態上的進步。讓我們不斷複製這樣的經驗，直到它成為我們的行事風格。我們一定做得到！

98年5月4日—5月10日　期中考暫停一周

98年5月11日—5月17日　被騙了

良靜

兩個禮拜以來，有好事也有不好的事。

直接跳到這禮拜來說。先是痛苦的月考，而且這次真的很難熬，滿腦子畢旅的畫面，不時要提醒自己「STOP」！所以第二天考完時就有點脫序，而且教官到快五點才放我們走，別班都走了耶！氣死了……

雖然整個週末都在休息，但是去買衣服，去磺溪書院做美術報告，還是會有成長的。

姊姊星期六和老媽串通好「騙」我去買衣服，為什麼用「騙」字呢？因為我不喜歡買衣服。媽媽覺得畢旅應該「買幾件」新衣服，我還跟她扯「以前的人都過年才有新衣可以穿……」的理由打發她，結果他們聯手說要去賣場，卻一路載我到「樹林」了……有點動怒的我，還是接受了……他們一直要我換這件那件的，都異口同聲的說「這件好看」，但我就是不覺得好看嘛！勉強的買了兩件。

回家後我一直在想「買衣服」這件事，我一直從我有記憶想……我發現我天生會忘了「快樂的事」，老是記著出糗和悲傷的事耶！我自己都覺得很奇怪，但我想總結是：我還沒愛上我自己吧！

啊，還有磺溪書院耶，可是沒地方寫了，總之就是一個很漂亮古典的地方，收穫多多喔！（p.s.我愛美術課！）

To良靜：你知道我女兒群芳吧？大約一兩年前，有一次她和哥哥閒聊被我偷聽到：「我覺得自己長得很醜，像男生，好想把整個頭剁掉，整個換掉！」她當時大概才大班！我聽到整個傻眼。

我想我們對自己的imperfection總是很敏感！記得對自己公平點！

98年5月11日—5月17日　我只想吹長號

亞琳

姊姊說，出了社會以後，重要的真的不只是成績，處事手腕、人際關係、經濟能力……很多很多。所以我們要多方面學習，他說現在的我會這麼茫然，是因為還找不到目標。

對啊！對很多事都不再在乎了，故意地逃避，用許多不真實的情緒掩飾，是因為我不想要？還是根本不知道要什麼？姊姊說喜歡我看得開的個性，想要朝這方面學習，但也許我很在乎？都不懂自己了。

剛剛發現了國三寫的日記，心情變得很好。好想回到過去，發現自己和以前好不一樣，不知不覺變了。日子看似平順，自己卻不知道在不滿意、鑽牛角尖什麼，只是想找回單純為了一件事情努力的感覺，過著簡單的生活。就像高中後唯一的一篇日記中所寫到的一句話：我只想吹長號。反正我討厭複雜，那只會讓人更加煩悶。

To亞琳：你可以選擇一派天真，對人生的複雜視而不見；也可以知道人心複雜，但同時保有赤子之心。一種是鴕鳥心態、一種是阿Q精神的勇敢，很難斷定哪種好！但我知道，堅持做自己想做的事才會快樂，Are you happy？

Sandra週記分享19　愛得越深，傷得越重

這真是心思複雜的時節！看著高三結束畢業考，我們一週後也要去畢旅。我想到這種種歡樂背後暗示的分離，我都有點想掉眼淚了！（糟糕！這表示你們的畢業典禮，我會哭得很慘嗎？）週一時我突發奇想，想找欣澔幫我抓〈今年夏天〉這首歌，在畢旅回程時放給你們聽，把全車女生都弄哭後，才放你們回家。後來一想到分到別車的同學會錯過這個難得的、二〇六應該一起經歷的機會，就讓我放下這個念頭。其實在這事上，我也一直拿不定主意。一個畢旅應該大家好好在一起走完全程，我們卻得被拆成兩車！去坐哪一車比較好？我是不是該放下我兩個孩子，就以你們為最重要？如果群岳、群芳不去，我們四十四位同學分出去一個去坐別車，這樣會不會好一點？誰要當那個同學？然後我又回想到合唱比賽的種種流言攻擊，有一些閒言蜚語還是來自認識我的高三同學，更讓我心情低落。（糟了！我教你們別舔刀口，自己卻緊巴著刀口不放。）還有三一三把我氣到幾乎在課堂上落淚的事件，雖然他們之後也全班道了歉……我一件件地消化，在靜下來的片刻突然間覺得自己怎地把日子過得一團糟，心情就更消沉。我很痛恨這種無力感，覺得自己好像很無能，失去了掌控權。

同學，你也許覺得我一向幽默、堅強、智慧，（是我往自己臉上貼金嗎？）但事實是，我是個平凡人，我也有軟弱的時刻，而這軟弱並不因我年長、又是你的老師，而比你更容易跨越過去，我有時也好想放下一切，找個沒人的地方躲起來。

可是我不行。我還是得上班、備課、改考卷、煮飯。Well goes the proverb: Laugh, and the world laugh with you; weep, and you weep alone. 這就是生活！我盡量找到力量再站起來。I don't want to weep alone。我的力量是孩子，是學生，這兩者佔據了我最多心思。這是為什麼我會被學生傷得很重的原因。假如傷我的是二〇六而不是三一三，我可能會重到入院治療。這應驗了「愛得越深，傷得越重。」所以拜託你們千萬別這麼傷我。我比你們想像中還要脆弱。但再脆弱都得再站起來，不論是你、是我。

今天考卷一發，你們可能也陷入種種複雜的情緒當中。那就想想我吧！想到我過得也滿悲慘的，也許會讓你好過一點。Sorry，這週的週記分享成了我在發牢騷。下週收了你們的週記，讓我貼近你們的生活，有目標地動起來，我想我就會好多了！

好好過週末吧！勤美誠品或科博敦煌都不錯。別浪費了週末美好的陽光！

98年5月15日—5月22日　民歌比賽後的失落

伶惟

今天是民歌比賽，算是吉他社的大活動，早上大家就開始忙佈置，就算很多人手還是忙得不可開交。雖然常常蠟燭兩頭燒，卻還是enjoy大家一起合作。這次我也是司儀，還當了兩首歌的主持人呢！這是我第一次在這麼大的場子當主持人，好刺激！

比賽了一段時間，我手邊工作暫且搞定時，我也累癱在座位上欣賞表演，專業的鎂光燈加上扣人心弦的樂曲，我突然覺得有點感傷。等民歌完成後，我們的活動只剩下幹訓了。好快，真的！大家在一起的機會不多了，自己那份熱血的心也該收了，那種在台上發光、全場矚注的場面也沒了。在過程當中，我承認，曾經很煩、很雜、很想放手過，但經歷了許多，那些也都成了「曾經」，留下的會是種種經驗和想念。想到這裡突然有那麼一點想哭的衝動。好低落！什麼好事壞事都會過，只是好難適應罷了。這個過程我損失了一些，但我肯定的是我得到不少！

放眼望去，一月要學測了，剩沒多少時間了，我自己也知道我收心很慢，我很討厭這種力不從心的感覺。不過，這就是成長必經的過程吧。一股情緒湧上，百感交集，想哭，卻哭不出來。我想，狂歡後的失落感又來找我了吧。

To伶惟：所以要小心經營自己的心啊！知道自己難收心，就要排時間表收心；知道自己很失落，就要步步為營別讓自己再下沉谷底！祝你早日回到正常高度。

Sandra週記分享22　愛錯與錯愛

期中考結束的這週，你的心情如何？

這週是話題性十足的一週。週二清中上了社會版，去年畢業的學長砍傷女友及女友家人。我們也談了校園問題教師對學生性騷擾的案件。週三中午有令我十分倒胃的畢業旅行行前會，不過慶幸當晚還有王小棣導演精采的演講。偷偷告訴你喔！王小棣講著講著會上身喔！他講到波麗士大人裏那個唐氏症的蕃薯，他就變成就很像唐氏症的。整場演講真情流露，不斷變身，而且唱作俱佳，是我這週最大的精神饗宴。看到二〇六也去了七，八位同學，很開心同學這麼珍惜難得的機會。

週三我用「學長砍傷女友」為題材，上了一堂戀愛講義：「愛錯了人、被人錯愛，這些乍看之下的幸福最後帶來了悲劇，其實是缺乏觀察力的後果。」再加上教師的性騷擾案件，呈現出來的都是同一個問題：我們有沒有用細微觀察的能力來保護自己？從很專情到罷佔的感情、只為談戀愛而談的戀愛、死纏爛打的追人或被追、好友談了戀愛而自己淪為備胎等等現象，到底，愛是種嚮往？是種習慣？是個經驗？還是種生活實踐？我沒有答案。戀愛課題很難一次就答對。我的建議是：你一定要放亮眼睛，好好地、客觀地觀察你身邊的人、追你的人、你心儀的人。千萬別一股腦兒的沉浸在自以為是的幸福當中。一個人的個性可以從他的種種外顯行為得知一二，好與壞都不會寫在臉上，你得自行判斷，這就是種自保的ＳＱ（社交商數）。然後，別忘了：當你觀察別人時，別人也在觀察你。他們所看到的你，是不是你眼中看到的自己？你期望中的自己離他們眼中看到的你，距離有多遠？趁畢旅和好友之間聊聊這個問題，也是很有趣的喔！

下週一就要去畢旅了！請細心收拾行囊，別把家當或超市零食全搬去了！別傾家盪產買新衣！想想你能在這三天兩夜裡多看到同學的哪些面象？敞開心胸好好看看這趟旅程可以帶給你的。我會準備好整套的灌籃高手和棋靈王，一起享用吧！

98年5月25日—5月31日　兩個月的回憶錄

祐婷

我最近思索了很多，也受到很多的感動（好像很久沒執筆了，就重頭開始寫好了:v）

四月多的時候有一場優人神鼓的演講，我的心情極為激昂，五月十六日就去參加它的表演：在靜謐中感受到一股力量，緩慢的舞步及鼓聲中鳴合出一種他們對根本、根源的崇敬，使我的人生又灌入一劑寧靜平和的生命力。四月二十九日，當我邁步走下舞台時，我終於明瞭優人神鼓的演員在下台後為何會有被挖空的錯覺。最艱難、挑戰的一刻已經完全結束在掌聲中，有多少的淚水、辛勞、怨恨已經被掌聲覆蓋，聽到掌聲響起時，就能明白過往的努力都是值得的。

歌唱比賽過後的流言蜚語，對我個人並沒有受到很大的情緒波及，我曉得我是二〇六的一員，必須氣憤是應該的，但我並非如此，我知道我們為何會得到如此的殊榮，並不是不公而是實力與努力的展現，我相信我自己，所以我並無生氣的理由。

五月十三、十四日期末考完，我大致明白了我的成績是否開花或含苞。不出我所料：出奇的慘。我並無後悔或難過之心，因為我知道我已經盡力了。

最近我看了洪蘭《腦與學習》的相關影片，有一句話時時刻刻會從我的心中跳出來：「從那裡跌倒，從別的地方爬起來；各人有各自的才能，因為時間有限，不需要求每一樣自己都是高手，只要往自己所擅長的方向發展，一定會成為高手的。」而我也找到了我的方向。

五月十七日聽英文演講課，讓我很嚮往大學的課程，但這次的體驗，讓我不是那麼篤定我要的目標，或許更混淆也說不定。

利用假日我看了《珍奧斯丁的戀愛教室》和《髮膠明星夢》兩部電影，前者讓我對文學有更深刻的了解，後者自我侷限總是在壓抑著自己，為有突破自我之後的藍天白雲會顯得更耀眼。

五月二十日王小棣導演的演講，當他說到他拍片即使是多麼辛苦，但為何不放棄的原因是：「堅持到最後，留下來的才有意義。」實現夢想或許也是如此，過程中的努力他人是不會看到的，最後的成果別人卻看在眼裡。小兒痲痺或有先天疾病的人，都是為我們這些正常的人承受著人類基因的進化，這些我之前都不知道，只覺得他們很可怕而已，不知言語。

五月二十五到五月二十七的畢業旅行，其實我已經去過墾丁七、八次了，了無新意，但這次的導遊不簡單，讓我吸收到比以往更不同的知識和道理。

To 祐媁：你寫了這兩個月的回憶錄！帶我快速回憶這其中的精彩片段！

p.s. 你有要念外文系嗎？服裝系呢？

98年5月25日—5月31日　畢旅記實

俐蓉

充滿期待的畢旅終於來啦！為了讓自己可以很完美的出場，早上五點就起來了呢！到了學校後，大家一見到我無不驚愕！「太大包了吧！」喂！聽我說，那是兩包裝一起才會這樣，其實裡面一半是吃的。我也不想這樣呀！不過，在大家都已準備好時，赫？林Amber還沒來！你在幹嘛？眼睜睜的看著一班又一班的人走掉，心裡有說不出的悶，幸好她及時趕上了，於是就開始我們的旅程啦！老實說，一開始領隊MM先生的開場，乾乾的說：是我們慢熟嗎？也是啦！之後，就是很Crazy的唱歌啦！Sandra的「熱情的沙漠」實在有夠High，太好玩啦！以及靜儀的「什麼東西」ㄏㄚˊ來ㄏㄚˊ去的，很高興。之後，因為這一首「廟會」，害我一世英名毀了！！（老師，你的Key太高了，讓我深刻體會到什麼教唱到破音……）我要雪恥啦！大家都笑了啦——

第一個目的地↓旗津海岸公園！老實說，實在有夠熱，我一下子就去Seven躲起來吃布丁了。Seven真是方便呀！但這時的我真的是飢腸轆轆了，狼吞虎嚥的吃完午餐後，直接駛向「夏都」。一看到夏都，脫口而出的是：哇——好漂亮！真的超讚！不愧是在墾丁首屈一指的飯店！然後，著裝完畢，出發玩沙灘活動。唉呀！看到大家的「沙灘拖」五顏六色，不過呢，跟我一樣有花的不多せ！一開始，我還很擔心只有我一個人穿花花，幸好葉於姍、陳佑阡也跟我一樣，要不然我整個「囧」呀！

不過，不幸的是，我們的拔河、排球，更可憐的甚至是沙雕，怎麼一直「輸了了」。拔河我們人丁單薄咩，就註定會輸嘛，虧我們叫這麼大聲！再來就是排球啦——本來有機會贏的，因為Sandra的加持呀！竟然又輸了，而沙雕，唉——大家看到海後什麼都忘了，隨便做做就投向大海的懷抱了。

就在大家投向大海的時候，因為我動作太慢，被迎面而來的蔡欣澔、陳俊帆當置物櫃（你們不要來亂啦！我要去玩水！！）更讓我無言的是ＭＭ先生竟把他的狗牌掛我身上，還瀟灑的：「交給你了」就走了？啊是怎樣，受勳儀式是吧？可惡！我真的變成置物櫃了啦！大海——（泣——）看到林Amber、萍端等人瀟灑的直接坐在沙灘，憑著浪花打在身上，啊，羨慕呀——可是我衣服只有三件，不行下去——

說到吃完飯後的消遣↓就是吃！看到我們這間，夏都的人一定會昏倒吧！不到一小時，垃圾桶就滿了，哈哈哈——之後去玩Wii，玩到一半時，不知從哪殺出來的死小孩，竟然跟我們搶Wii，還理所當然咧！真是掃興。最好別讓我知道他們父母是誰，要不然他們就「栽細了！」還是群岳、群芳比較乖，老師教得好！

晚上，就等替佳真慶生了！二十三點多過去，慶生的人趁佳真洗澡時躲起來，我就卡在那個小不拉嘰的地方，躲到過了二十四點還不出來，屁股真的很痛！「李佳真，你在泡ＳＰＡ喔？」如果她在我家，早就被罵到臭頭了。（老師，委屈你跟我們一起躲了！），不過Cake還真好吃。

隔天一早，我們很不要臉的把可以拿的東西，搜括一空！（夏都下次不會要我們來了！）就「暫時」與我們班分離去坐五班的車了。唉！五班那天好Boring喔，幾乎都在睡覺，而且天氣好熱，爬社頂時汗一直流，雖然它沒鰲峰山累，但熱得很受不了せ。去參觀海角七號時，我真的受不了了，在買布丁時，瑋韓出現了：「你真的很喜歡布丁哦？」哼哼哼，那當然，除了奶茶，布丁也是我的一切呀！但是，因為太熱了，我中午的飯是食不下嚥，我，應該是中暑了……

海生館，第一次把一個館全都逛完，還繞了一大圈才出來，明明就有Shortcut。不過，看到很多，收穫也蠻多的，企鵝好可愛呀！我心愛的白鯨，你怎麼變這樣？好難看呀！小時候很可愛呀？嗚——才兩年沒見而已。

然後，就到關山看日落啦！日落是沒看到，但被戲弄倒是真的。ＭＭ先生，我的聲音是我娘親賜予我的，你以為我想咩？不要一直叫我學水蜜桃姊姊！還有，松鼠是別人幫我取的，不要一直叫我爬樹啦！據說，你趁我不在時嘲笑我的聲音厚，太可惡了！松鼠不發威，你以為松鼠是溫和小動物咩？更讓人傷心的是，火旺先生竟然又再旁邊加一句：「請不要欺負小動物，好嗎？」喂！大家都欺負我啦——不過，被ㄉㄧㄤ最多的是吳唯綺吧？誰叫她一直說自己很可愛！拜託，就算是真的，也沒人想承認。然後，ＭＭ先生帶領我們體驗「定義遊戲」，把大家耍得團團轉。唉——太陽真的很大。

接下來，已經筋疲力盡，好想趕快洗澡，洗澡完後就可以復活了呀——但，事與願違，竟然給我先去逛街？噢——真的很累せ，沒辦法，只好去逛啦！沿路上滿滿的人，我竟然遇到這麼貝戈戈的事，去五十嵐買飲料就被坑了五塊！跟它擺在上面的板子大大的不同！真是可惡，詐欺啦！氣得我問候它媽媽，氣！

之後，福容飯店的冷氣，被許多人complain是暖氣，雖然大家都說它是暖氣，可是對我這個冷氣過敏人，超難過的。我們房裡擠了十個人玩ＵＮＯ，連怡葶她們，還有張琇茹，實在是太好笑了！玩得太瘋了，笑到快內傷！

最後一天，就是再去跟劍湖山這老朋友會面的時候。但天公不作美，竟下起雨來，不過還好，只是毛毛雨。等一下！我一定要抗議！ＭＭ先生，我跟你樑子真的結下了！叫我唱什麼「小蜜蜂」，根本是欺負人，虧我還這麼配合你！可惡我要去變聲！怎麼辦，我好想揍他！（現在也打不到了……）

回歸正題，只要先去坐Ｇ５，以後的東西你就都敢玩了！正是所謂人必先置之死地而後生！然後去玩衝瘋飛車，排超久的，等到我快睡著；之後，就休息玩９９。而我，就多嘴的說：「輸的人要Kiss張琇茹喔！」這是有原因的，之前在夏都時，我就被罰去親琇茹，真是討厭，我當然要報仇呀！（但干張琇茹什麼事？）結果，才說嘴就打了嘴，我輸了，整個囧呀！那時附近可是有領隊大爺呀！嗚嗚嗚——我服輸，對不起——琇茹，我無顏面對自己呀……

就在這個時候，我被要求錄音。哼！此人正是ＭＭ先生！很奇怪喔，（他要錄來當來電鈴聲）不是一直笑我嗎？一開始不給錄，誰叫他欺負我；不過看他可憐，最後是promise了…想說最後一天了，就給他留下些對二〇六的回憶。（哼哼，聽到了我的聲音就會想起我們！）

回程時，吳珮仔超high哦！「霍元甲」霍得很高興呢——就唱唱到ＭＭ先生上來發表感言。不上來講還好，一講哭成一片，老實說，真的很驚訝！ＭＭ先生真的很堅強呢！同時，我也真的覺得時間過得很快。想當初才剛見面，就面臨啦啦比賽，飲恨大哭後，馬上到了突破自己的演講，又到了腥風血雨的合唱，又到這次畢旅；高二，就這麼過完了！真的很精采，我想，遇到Sandra的人，人生應該很精采。我們經歷了很多，也學到了很多，一切都是緣分！我真的很幸運可以遇到大家，我也很珍惜它！我們經歷的一切一切，都將成為我繼續走下去的動力！

p.s.回家之後，我馬上「瞑目」了！

結果端午節那天我大中暑！吃第一口早餐時快吐了我！

關山夕照，照死人了啦——

還有，這四天都在補眠，什麼也沒做⋯

To俐蓉：休眠中——休息，是為了走更長遠的路——

Sandra週記分享23　謝謝超強領隊MM

有幸給最佳領隊MM和最帥領隊火旺帶隊，二〇六真幸運！全校導師裡，大概只我一個人連三年帶畢旅。換句話說，群岳群芳也連玩了三年畢旅。

明年？我想不會了吧！

二〇七那年，領隊超菜，一問三不知，很像來打工的。

去年二一四，領隊情緒控制有問題，竟將美君請他的水果切盤打翻在地。

今年，二〇六有幸遇見超強領隊MM，一路笑話不斷，歌聲超讚，又會模仿，而且有超級電臀，在車上就和二〇六電臀旭辰尬起來，更勝一籌。因為MM和火旺，這次畢旅明明路線和往年都一樣，但就是超級難忘。

我一路聽俐蓉不管多深情的歌都像是童聲未泯，唯綺第一天就唱到沙啞，還有老吳一直在yo-yo個不停，我也老歌新唱，唱得很開心，一曲〈愛神〉唱出大家嚮往夏都的心聲。

總之，很開心。

我最難忘夏都查完房那晚，二十四點三十一分，我一個人走在夏都沙灘上，看到許多寄居蟹留在沙灘的足跡，天上掛著巨大閃著紅心的天蠍座，海風一陣陣，就很忘情想在沙灘上坐著到天亮。

（當然無法實現！）

臨行，回到清水前的十公里，ＭＭ真情流露。我也沒料到ＭＭ會難忍眼淚，結果幾乎整車都紅了眼睛，後半節車廂哭得很……紅。

我看到ＭＭ的不捨，想到了嚴長壽。他從嚴領隊以專業導遊，帶團帶到讓大家稱呼他嚴老師。ＭＭ從領隊帶隊帶到像自家大哥。說他是畢旅的靈魂人物，一點也不為過。我的群岳群芳和二〇六，都玩得很開心，ＭＭ和火旺功不可沒。

再次證明了一點：跟誰玩，絕對是旅遊的重點。

謝謝ＭＭ，火旺，和二〇六的同學，你們給我很棒的畢旅。

這是我這九天假期裡最棒的三天。

98年6月7日—6月13日 英劇社公演與熊貓眼

於姍

一週大事

張栩、謝依旻日圍棋頭銜十個拿七個：張栩十二日獲頒十段頭銜，加上他稍早已獲得的名人、天元、王座與碁聖，總計頭銜數達到五冠，只剩下棋聖和本因坊等他挑戰。謝依旻則獲頒女流名人頭銜，加上她已擁有的女流本因坊，在女職三大頭銜中，拿走了兩個！

＊本週記事

英劇社公演，我是絕對不會缺席的！大家一定想不到一年級時，我也曾參加過甄選吧！不過在第二階段的演戲還是克服不了內心的緊張！雖然心裡有的是無法估計的羨慕，今年的視野更近了，搶到了右邊前面的位子，（右邊從二到六排都是二〇六的，真是太強了，女生們！）我好迫不及待，不過聽說第一幕是鬼屋，我已經抓好我同學的手了！我不喜歡小丑，我覺得它比鬼還可怕耶，但是那個學長真的是很厲害，太像了吧！所以才會引來那麼多尖叫聲，不過我還真的被嚇呆了！

怡竫、Amber還有理偵也很棒，不愧是學姊，演技就是一年級不能比的！最後的狂舞默劇好精采，尤其是跳舞的部份；若綺和旭辰他們和學長姐一起跳，眼睛都不知道該看誰，就怕遺漏掉了哪些重要的動作。謝幕時，哇！悲傷的氛圍開始環繞四周，聽到了許多啜泣聲，暈開的眼影和睫毛膏，導致後來每個人下來時都變熊貓了！柯理偵從吸血鬼變成吸毒犯！

之後和他們拍了照、聊了表演好笑的地方，劇終！又是另一屆社團的開始，也是我們沒有社團的日子了！

To於姍：雖然沒進英劇，也可以分享箇中一二。連著十年英劇，我可一年都沒錯過！

Sandra週記分享24　好友相伴，G5我不怕

發了家長信函，說了些未來校系選擇及高三的預備功課，覺得自己沒有作一個有力的結束，回家後心裡很放不下，所以打下這一段文字。

我親愛的二〇六：

每回提到未來，提到升學，總是有點不得不的勉強和無奈，今天尤其是。我想我疏漏了應該有個更好的收尾，好讓你們已蓄勢待發、迫不及待地去過一個充實的週末。我忘了提醒你們：再怎樣強的學生，都沒有十全的把握會上他想上的夢幻科系；不論建中、一中、北一女都一樣，所以大家需要努力。人生的幸福成功，是一步步達成的，大學這一步走得穩，當然比較保險；但如果不盡人意，過程中提心吊膽，只要身旁有好友相伴，即使G5的驚險也充滿同甘苦的幸福。二〇六會全員都在，我也會一直都在。我無法提供給你人生解答，但我願意陪你一同探索。對於高三，我滿心期待！

我們一起努力吧！

還有敬告我五個在英劇社的孩子：理偵，宛姿，若綺，旭辰，怡琦，沒在課堂上見到你們差不多有一個星期了，很想念你們！那美好的仗你們已全力以赴過，我可以想見你們在台上謝幕時哭花

的那張臉，旭辰尤其是。很抱歉我只能去看週二的場，早在兩個月前我就買了六月十二號吳念真的票，但我一直心繫著你們。週一的考試很多，你們知道後一定想到就累，但是《十二歲的天空》裡門諾醫院院長黃達夫曾說：「有時為了做想做的事，也必須做點自己不想做的事。」你們先完成了想做的事，再來就得面對不那麼想做但卻是該做的事情。成熟的人是這樣，我想你們夠大了。雖然累，但加油一點，我們會放慢腳步等你們快步趕上。

I LOVE YOU.

98年6月22日—6月28日　二〇六的最後一篇週記之一

元鈞

轉眼間，我們已經從二〇六轉變為三〇六了；全班相識的日子也已經超過三百六十五天；這三百多個日子裡二〇六做了很多事，有了比別人更多的經驗、學習到的也很多；四十三個同學和兩位老師組成了獨一無二的二〇六。

學期初剛分班時，大家都還是和自己原班的同學或舊識比較親近；但經過一段時間之後班上的族群開始有了變化，想必大家都已經找到志同道合的新朋友了吧！人與人之間的關係真的很微妙呢！回頭想想，人際關係也是我要加油的方面。

經過了上下學期共一年的時間，經歷了各式大大小小的活動，不論是班上的上山郊遊、製作聖誕圈、交換禮物、二下學期末的感言分享和全班一起欣賞的好電影、一起聽的好歌，或是班際的十五人十六腳、啦啦舞、合唱、大隊接力等等都是全班共同的回憶；如此多采多姿的活動帶給二〇六和我很多很多：從班級活動感受到二〇六的溫暖、從班級競賽感受到二〇六的團結，也從過程中得到更多經驗、了解更多道理；二〇六的一切所帶給我的只能用一個字來形容——多！

又過了二下一學期，對於自己是否有所進步，只能在此先打上一個問號；原本學期初還計畫著二下要做什麼，看似要做一番大改造，但一眨眼一學期就過了，而當初想做想改變的卻還停留在原地；甚至在這學測將近的三年級，自己也沒有半點更積極的跡象，時間就這麼溜走了，沒有被抓住……還想趁著暑假再偷閒，真是不認份啊！

這一年間或許曾經留下什麼後悔、有時也感到無力、對周遭的人事物感到厭煩；但一切都過去了，新的大挑戰等著我們去迎接，即將進入三上，想必會是讓人筋疲力盡的一學期吧！死鴨子嘴硬、懶散、怠慢、惰性都必須全部捨棄。

二年級這一年是很豐富的一年，也讓我摸清了自己的本性，在這個暑假勢必要有所反省、檢討、改變，在任何難關之前最大的敵人就是自己；要打敗以前的自己，給自己一個全新的氣象，要找回決心、不能讓他繼續流浪……

希望在新學期找到全新的自己

最後，謝謝老師這一年給我的，明年也要麻煩妳了。辛苦了！

Thank you very much！

還是無法面對已經三年級的事實……

To元鈞：你的回顧真是發自內心，我完全能體會！從表面來看，你沒有太多變化，但我相信你的內心世界歷經了一波波的事件引發的思考與激盪是澎湃的！再堅定一點，讓這些力量發揮出來！

98年6月22日—6月28日　二〇六的最後一篇週記之二

佳宜

回想起去年的這個時候，我才剛升上高二，依依不捨的揮別一年級的好同學、好朋友，接著迎接未知的新班級；而現在我將要迎接的是壓力重重的高三生活。回顧這高二的生活，驚險、刺激、歡笑、悲傷、失望，後悔足以形容我所經歷過的。有一件非常令我掛心的事一直纏在我心頭，就是這一年下來班上的重要兩次合照——啦啦隊、畢旅，鏡頭裡都沒有我，真希望時間能重來，讓我出現在班級合照裡，不然每次看到班網上的合照，心裡就會痛一下。

在經過Sandra一年的磨練下來，漸漸的不討厭上台報告了，還記得某一次的地理報告，我們這組每個人都要上台報告，我心裡卻一點也不反對，反而開心的對禎蔚說：「多一次的上台，就多了一次磨練自己的機會。」雖然我上台還是會很緊張，手腳冰冷，但我已經可以清楚的知道自己在台上講了些什麼，不會像第一次上台時腦袋空白。

不知道為什麼在大家眼中，我總是膽小、害羞；但至少在熟識的人眼中我不是這樣。我只是不喜歡和人談話，卻很喜歡靜靜的看著人。我知道這樣會阻礙我的人際關係，但每個人的個性百百種，不一定變成怎樣才算是對的，至少我活得像自己，活得很快樂就足夠了。

未來的高三生活，不求成績如何，只想領悟到如何管理自我，控制自我，這來得比成績重要多了。

98年6月22日—6月28日　二〇六的最後一篇週記之三

新雅

當初剛到班上的時候，看到青一色都是粉紅色衣服時，額頭上佈滿了黑線！加上我剛剪了短髮，外面的人會說裡面的人又安靜，我變成「裡外都不是人」了呀！自我介紹的時候，台下更是一片靜默，真沒想到現在會有吵的一面。但是這樣真的熱鬧很多，上學可以不再那麼乏味。

一輩子都無法忘記的十五人十六腳，是二〇六第一個團體活動。垂直九十度加上重力加速度，我這高又挺的鼻子，鼻血馬上衝出來，在加上隔壁同袍理偵的斷牙危機，誰可以忘記？擠滿人的保健室，就是二〇六的凝聚力和那份關心。

進到二〇六最令我受到衝擊的科目，莫過於英文了。從國小到高一的英文課，有過五位英文老師，每一位都是先教單字再教課文，也不會上課走下來問英文單字，更不可能用英文交談。所以，自從遇見Sandra後，克漏字的考試和上課的方法，讓我可以在段考前夕快狠準的複習一次，二年級的英文成績相較已往，提升了不少。感恩ING……

在二〇六的日子中，開心多於生氣多於難過，即使身在別人眼中的特殊班，和大家一起打拚的成果，更是有意義；偶爾的生氣，鮮少的難過，都是對二〇六的一種歸屬、一種投入。啦啦隊和合唱比賽，兩個二年級最重要的活動，全班應該都體驗到了兩種完全截然不同的心境，簡直是天壤之別，別中又有不同的際遇。啦啦隊成績公佈的失落，到麻辣王慶功那種全班替同學慶生的感覺，那是永遠刻在腦海中的。合唱比賽，三年級聯合圍剿、部落格的口水戰，團結的二〇六，不會只讓一位同學承擔後果，而是在全班背後支持，包括許多老師。經過這兩個比賽，我，真的成長了許多！不會因為自己的失敗成為繼續前進的阻礙，也不會因為自己的成功就膽大妄為。

緊接而來的高三生活令人既緊張又害怕，希望三〇六的每人都是一位不藏私、頭上綁著必勝、一起踏步到終點的人。最後一次段考，跟喬荃坐在一起，剛開始很害怕跟她沒辦法的突破；沒想到，一拍即合的我們成了好朋友，不只侷限在同事女兒的關係。

最後，我的超級感謝名單：

理偵、小劉、小江、若綺、旭辰：喜怒哀樂一起分享。

靜儀、佩珊：盡全力的為六班付出。

尹琳：打掃時間最認真的她。

怡蓁：永遠的數學解答王。

To新雅：我從二〇六看到你，就鎖定要把自己打到你心裏。看來……I did it！知道你和喬荃突破了最後一道防線（聽起來好Lesbian！）是這一年我最開心的事！Remember：你是一個很有特色的另類美少女！Be yourself！天下無敵！

98年6月22日－6月28日 二〇六的最後一篇週記之四

伶惟

其實，在最後禮拜三班會上的PPT大回顧上想了很久，卻不知該打什麼在上面和大家分享。也不是沒有，但不知要怎麼敘述。高一下被詢問分組意願，準備打勾到二〇六時，可以說是天人交戰。有了國三A組班的經驗，對於「高手林立」的班級，真的有望之卻步的感覺。我知道我沒辦法以讀書為很大的興趣，或汲汲營營的讀書，但家人和朋友都鼓勵我，要和大家競爭才可以鞭策自己。在天使惡魔交戰之後進入了二〇六，我覺得我很幸福也很幸運，一年級遇到貴芬老師，二年級遇到了Sandra，不得不說Sandra是個很不一樣的老師。當時還以為在二〇六就是分分計較，每天戰戰兢兢被老師催著讀書；剛好相反，Sandra給我們很大的空間，講一些平常沒人點醒、甚至自己不敢面對的問題。每天的經驗分享、道理分享、心事分享，都像在充電一樣。我或許不能百分百了解真正意義，但起碼我仔細思考過，我真的有感覺到我成熟了一點，雖然我無法具體描述。

還有一點，是我體會很深的一點，一些人生現實面和應對進退，長愈大愈能感受得到。在高二這年，感受至深。剛開始體會到「現實」時，老實說我很難過，卻無計可施，我知道很多事都會有兩面，當然我也知道人生必經的歷程，在這樣的環境下，「自我」更為重要。我想這應該是以後出社會將遇到問題的縮小版吧。

再來說說課業好了。跟一年級比起來，我真的變得不認真了，事情一多，心一浮，那些曾經熱血的堅持通通不見了，有時候「力不從心」一直跟著我，很痛苦，總是替自己找藉口，一次再一次的算了，事後才在那邊「千金難買早知道」。很快的在二〇六待了一年了，其實同學們並沒有讓我倍感壓力之類的，這點讓我很慶幸，也很開心認識大家，尤其是我們像team一樣地努力時，簡直愛死了二〇六，大家配合度都很高，一個班的感覺很棒！

高二這年，我十七歲，生活多采多姿，嚐遍了酸甜苦辣，永遠無法磨滅的高二。

Sandra & 206, we are the best !

To小江：你是個很棒的人，很有想法、作為，而且協調力夠，課業不會永遠綁住你的，它是現在要成為墊高你的腳下石，勇敢點站上去吧！你可以藉著它，看到不一樣的視野的！

98年6月22日—6月28日　二〇六的最後一篇週記之五

珮伃

真的沒想到二年級就這麼快地過完了！很慶幸自己能成為二〇六的一份子，因為僅僅一年中，我深刻體會了許多事情。這一年來學校的活動很多，不論是班級性的或是社團的，我都很開心自己能參與，感覺很多能力都有所進步，面對眾人時也比較敢開口說話。這對我而言很重要！我相信台風的培養，是在未來社會生活中不可或缺的一部份；民歌比賽、地理報告、讀書報告和名人報告，都讓我受益匪淺！

多虧我的社團與好友們，參與活動使我有了許多不同的經驗。以前美術不太好，但美工的活動做多了，壓力有了，自然而然手藝也就進步了，這讓我開心好久——

不過最讓我打從心裡開心的是，我在這一年當中體會到我真正想做的是什麼。因為遇見了唯綺，我了解到自己對書本的無盡求知慾及動力，我第一次覺得「原來書可以這麼好看！」「書中自有黃金屋啊！」就這樣，我越來越喜歡看書了，甚至連課內書有時也會讀得津津有味。

眾多繽紛的經驗豐富了我的高中生活，我深信自己有所成長，相信大家也是。確定了自己的目標和興趣後，前進的路會走得更堅定，沒有什麼事是比「能盡力去做自己想做的事」更令人興奮的了，我現在可是興奮得很！

To珮伃：你有親口告訴唯綺嗎？她一定會超感動！聽你這樣一說，這一年的報告真值得了！

98年6月22日—6月28日　二〇六的最後一篇週記之六

宛姿

隨著高二的結束，發現時間過得好快好快，剛踏進二〇六真害怕大家會是那種表裡不一的「心機人」，但後來發現大家真的相處不錯。而Amber因為啦啦隊的關係與大家變熟了！

接下來的一年活動真多，不過我很珍惜能和大家一起努力的時間。每每活動初始，大家都是安靜的，總要等到有人接下帶頭這工作；但是最令人開心的是在那最後的一步，大家同心協力、互相加油，用我們的青春、熱血、汗水、淚水、尖叫，在高二留下不平凡的一頁。

如果說一個班級沒有缺點，那可能有點誇張。再好的班級也都有爭吵，不可能全班四十三人每個人都是要好的朋友，所以要學習的是欣賞別人的好，少看不好的那一面，才能更愛這個班。曾經想過為什麼要填這個班，的確是有很多的不順心。一開始無法跟上大家讀書的進度，有點後悔進來這所謂的A＋班。可是想想另一方面，如果沒有進來我不會認識HIGH咖的老吳、靜儀、妍君、佳真、萍端……在他們的身上，我學到了很多不一樣的東西：看書如何有效率的看重點，當一個Leader要注意什麼，有時不要太計較於分數……對於我這種老是想太多的人來說，他們的出現，放鬆了我那過份敏感的神經！還有我不可能遇到一位不平凡的老師—Sandra。就像老師說：「如果畢業後開同學會，誰還會記得完成式我是怎樣教的？單字是如何拼的？」反而是週記的分享，教我如何揮灑青春、熱血。

同樣的一件事總有不同的看法與想法。像是種子褪去既有的安逸，從硬殼中奮力冒出嶄新的葉芽；蠟燭燃燒固執的自我，從臘淚中再度散出耀眼的光芒。如果不必奮力一搏，嫩芽不會顯得如此珍貴；如果不必忍受熾熱烈焰，燭光不會顯得如此明亮。換一個角度思考，人生中所有的苦難，似乎都成了上天化了妝的祝福。換一個角度思考，或許在峰迴路轉後，柳暗花明又一村的景象，才能真實的呈現眼前。我不敢說我人緣有多好，我有沒有能力承受高三的巨大壓力，可是我會熬過去，因為有朋友一起努力，再苦，都是一起度過的！

最後，Sandra, you make me who I am.

To 宛姿：What you do makes what you are!

You are a precious heart to me!

I'm glad to be your teacher!

Sandra週記分享25　累積優質的轉變

今天做完班級回顧，麥克風傳出靜儀和佩珊的幽默、流暢、真誠的丰采，台上台下開心又溫馨的互動，這一年對我來說，真是值得了！花了一年的心思訓練同學們的台風與表達，真不白費。而你們這一年歷經風風雨雨，點滴在心頭累積的對二〇六、對同學、對自己的欣賞與肯定，就是我們邁向高三最穩固的一步。

當我整理最後一次班級活動要跟你們說些什麼時，很多念頭飛過腦海，但我知道說兩個小時我也講不完。（偏偏我又很會講、很愛講。）所以我選擇回到原點，帶二〇六班的原點。我選擇讓目光落在你的優點、潛力、和未來可能的發展上；我選擇不去強調現實生活中你的缺失、做不到的、受限的現在。我選擇：無論如何，我要先找到肯定你的點，我就會對你「疼ㄟ入心」；如此，你我的關係就從這個點向前延伸。我知道，身為一個導師，我也可以給你們高標準，讓你藉著努力追趕，提高自己的能力；但是我們有多少人考了八十分，卻只看到自己被扣了的那二十分？考到第五名也在心裡想：「我只『輸』給四個人。」？我會不會也養成習慣，只看到你還沒做到的，還藉此以為我是為了提昇你的實力著想？這樣用成績不斷競爭、廝殺，好嗎？一定要贏過別人才叫贏嗎？我們是要贏了所有人，成了「東方不敗」後，再追求當個「獨孤求敗」嗎？

一定有個方法可以讓我們一直追求進步，但不是以「贏」為目標；一定有個方法可以提昇自己又和周圍的人處得很好。這就是我帶二〇六體會出來的道理。假如在二〇六行得通，我就會更有信心用這種帶班方法嘉惠以後的學生。

剛開始時，我也會猶豫，這樣帶班，會不會太駝鳥、太阿Q、太活在自以為是的世界裡？後來我搬出群岳群芳：我以一個家長的身份，會希望老師怎麼教我的小孩？然候答案就自動浮現了！（我也希望我的孩子沒讓老師失望。）我選擇相信學生，也一直努力贏得你們的信任。從眼前的二〇六看來，我認為我做對了！

想當初二〇六是個多ㄍㄧㄥ、多難逗笑的班級，而現在呢？我可以自在地搞笑、還樂於搞笑，而你們能坦誠分享，彼此期許。二〇六是一個team，少一個都不行的team。我喜歡你們現在這樣！我以當二〇六的導師為榮。

記住，一定要相信自己會一天好過一天。不論你現在的數學有多爛，你的排名在全校第幾名，你學測考幾級分，你上什麼校系，國立或私立，能決定你是什麼樣的人，只有你自己。你要相信自己，並努力不懈，像林義傑、王永慶、吳季剛、張栩、Sandra一樣，朝著自己的目標努力。You are what you do。每天，累積一點優質的轉變！

我們一定做得到！

p.s. 這封信本來打算班級回顧後的週四就發給你。不過，沉澱一下吧！讓很high的情緒過去，一個人好好冷靜、客觀地再想一次這整個活動和你當時的感受。知道以前如何一路走來，就可以調整方向往未來的目標前進。回顧不是戀舊，是為了更積極地前瞻。附上一篇剛收到的好文章，很能說明我我帶二〇六的心情，歡迎和爸媽分享！

祝你暑假豐美愉快！

好文分享4　母親的答案

有個孩子對一個問題一直想不通：為什麼他同桌的同學想考第一名就考上第一，而自己想考第一，卻才考了全班第二十一名？回家後他問道：「媽媽，我是不是比別人笨？我覺得我和他一樣聽老師的話，一樣認真地做作業，可是，為什麼我總是比他落後？」媽媽聽了兒子的話，感覺到兒子開始有自尊心了，而這種自尊心正在被學校的排名傷害著。她望著兒子，沒有回答，因為她不知道該怎樣回答。

又一次考試後，孩子考了第十七名，而他的同學還是第一名。回家後，兒子又問了同樣的問題。她真想說，人的智力確實有三六九等，考第一的人，腦子就是比一般的人靈活。然而這樣的回答，難道是孩子真想知道的答案嗎？她慶幸自己沒說出口。

應該怎樣回答兒子的問題呢？有幾次，她真想重覆那幾句被上萬個父母重覆了上萬次的話——「你太貪玩了，你在學習上還不夠勤奮，和別人比起來還不夠努力。」——以此來搪塞兒子。然而，像她兒子這樣腦袋不夠聰明，在班上成績不甚突出的孩子，平時活得還不夠辛苦嗎？所以她沒有那麼做，她想為兒子的問題找到一個完美的答案。

兒子小學畢業了，雖然他比過去更加努力，但依然沒有趕上他的同學，不過與過去相比，他的成績一直在進步。為了對兒子的進步表示讚賞，她帶他去看了一次大海。就是在這次旅行中，這位母親回答了兒子的問題。現在這位兒子再也不擔心自己的名次了，也再沒有人追問他小學時成績排第幾名，因為他已經以全校第一名的成績考上了大學。

放寒假回來時，母校請他給同學及家長們做一段演說。其中他講了小時候的一段經歷：「我和母親坐在沙灘上，她指著前面對我說：你看那些在海邊爭食的鳥兒，當海浪打來的時候，小麻雀總能迅速地起飛，牠們拍打兩三下翅膀就升入天空；而海鷗總顯得非常笨拙，牠們從沙灘飛入天空總要很長時間，然而，真正能飛越大海橫過大洋的還是海鷗。」

這場演說使很多母親流下了眼淚，其中包括他自己的母親。這位母親從不說一些令孩子洩氣的話，在找不到適當的答案前寧可沉默，以自身之感受去支持孩子的一步步成長，孩子在這樣寬容的環境下，最後交出優秀的成績。

教育，是對生命個體的尊重和喚醒，是對人的內在潛能的開發和拓展，讓孩子健康地生長，需要一種平和的心境，一種智慧的胸襟，一種獨特的魅力，這一切必須以寬容為基礎！

Sandra週記分享26　暑期叮嚀

放假了！下次再見就是十二天後的事。這十二天中，在一些細節上，我還是得不放心地叮嚀你們。因為時光匆匆即逝，假如我們沒有好好利用，累積的就是無力感與虧欠，比起好好使用，累積了成就感與執行力，這一正一負之間，就是兩倍差距，所以不能不珍惜啊！

以下是我的叮嚀：

一、善用行事曆，妥善規劃讀書時間，抓好進度。

二、鬆鬆腦袋。多整理筆記、多作題。切忌現在開始死背細節，很快就會忘記的。

三、有疑難題目、觀念，務必做好折頁、記號，找人討論、問個清楚明白。

四、規劃時間運動，一週要二~三次，一次至少三十分鐘不間斷，要流汗才算。

五、抽時間將週記打字，八月要搜集好文章，進入編排。

六、要求自己每天至少要有八成的執行率。對自己負責，OK？

我跟你們說過，我總是自找麻煩，在事情的處理方式上給同學很多個別的選擇，同時還得花很多時間分析箇中原因，讓你「知其然」，也「知其所以然」。捷徑比較快，但容易迷失方向。導師最省事的捷徑，就是規定和威嚇，但這會讓同學模糊了焦點，以為書是為老師而讀，不是自己所想要，導致後來變成了「應師長要求」、或「為考試而讀」。現在放了假，名副其實out of sight, out of mind. 學生脫逃老師鷹眼都來不及，誰理會導師叮嚀了什麼？真如此，就表示你還停留在「他律」的階段：靠他人管理。你並不清楚這個階段的目的。獨立成熟的人是自我負責，也就是「自律」，你為自己想要的負責。然而，沒到考驗時刻，誰也不知道自己是否已漸漸成熟獨立。現在就是考驗的時刻！我選擇相信你們會自律，相信二〇六這一年裏，我的教導不會歸零。

I believe the hard way. The hard way is always the right way.

你的作為決定我做得對不對。

至少我們一起證明吧！祝你收穫滿滿！

Sandra週記分享27　湘北到底有沒有贏？

從沒想到我的群岳、群芳看《灌籃高手》，也如此受感動。

最近群岳和群芳捨所有的課外書不看，專心地讀起漫畫來了。這是自《三眼神童》後他們開始練的第二套漫畫。兩人一空閒拿起來讀的就是《灌籃高手》；客廳裡靜悄悄地，只有看完一本後才聽得到他們的讚歎聲。

那天群岳突然問我：「湘北到底有沒有贏？」

面對這沒來由的問題，我只能說：「你要自己看，才會有趣啊！我跟你說就不好玩了！」但他沒放棄，還是一直追問。

我只好說：「湘北比那麼多場，輸贏都不一樣啊！」

原來群岳練到第十五集，湘北對海南。群芳練得慢，大約是第十集。

晚餐後洗完澡，群岳悶悶不樂地問我：「為什麼湘北會輸給海南？」

我說：「對啊，可是沒關係，他們會打入全國大賽啊！」

群岳很不甘心，又說：「可是，不是所有人都認為湘北會贏嗎？」

我說：「不是所有人，只有湘北的人才認為湘北會贏！」

群岳又說：「哪有！櫻木軍團的人也希望湘北贏啊！」

「櫻木軍團？」

群芳衝出來說：「對啊！就是高宮望，水戶洋平和小鬍子啊！」

「對啊！湘北才是最強的！他們怎麼可以輸？」

群岳說著說著，一時難掩情緒，竟紅了眼眶，讓我這個當媽的看傻了眼。我很感動，帶給我深刻感動的《灌籃高手》也帶給我的孩子一樣的感動。

幾乎我授課的班級都聽過我說這一套漫畫經典的精采片段。我模仿流川楓被豐玉的南烈惡意撞傷一隻眼睛後罰球的那一個片段。他閉上雙眼，心裡一句ＯＳ：「讓身體回憶起罰球的感覺吧！」球出手，畫出一道優美的弧線，然後掉進籃框，我彷彿聽了到籃網「唰！」地一聲！

《灌籃高手》帶給我無數次精神上的振奮，叫我不看失敗，從頭再來。現在，這套漫畫開始帶給我的孩子一樣的感動；接下來我們又分別討論了宮城，三井，赤木等人打籃球的經過；我發現其實群岳群芳都看懂了，而且沉溺在劇情中，跟著箇中角色的心理轉變而成長。

「群岳，所有厲害的冠軍角色一定從輸球開始學起。你放心，湘北一定會越來越強，輸了海南會帶給他們難得經驗，他們就會越變越強，最後打敗全國最強的三王工業。你等著瞧好了！」

感謝灌籃高手，我和我的孩子又多了共同分享的世界。

家長信函3　自律與他律

親愛的二〇六家長：

很抱歉這一學期，我無法像二上固定藉著家長信函和你保持聯絡。接手二〇六的這一年是我來清中十一年來工作量最大的一年。週三畢業典禮剛過，卸下兩個高三班的負擔，我才能抽出時間來向家長報告高二下的近況，和高三的各重要時間點。疏漏之處，請您見諒。

我整理出二〇六高二上下學期四次期中考的全校排名，藉此讓您知道孩子在全社會組的成績表現如何，好看出孩子成績震盪大不大；以及他在大約三百人的排名裡大概的位置，這是高三衝成績的起點。若以清中百分之九十七的升學率來看，您的孩子要考上大學絕不成問題，若以百分之三十五上國立大學看，二〇六大部分的孩子也很有希望。但我們都清楚孩子要的不只是上大學或是國立大學，而是上個適合他日後能長久發展的大學系所；因此您的意見和孩子對他自己的了解都很重要。升上高三，我們都在倒數決戰之日的緊張裡，其實是很難靜下心並抽出時間深入思考到底未來的路該怎麼走；所以我設計了一張問卷，希望藉著它，能讓孩子和您在十月底前就思考可能面臨的問題。如果您和孩子有一致的看法，那在校系的選擇時就多了份篤定，不會徬徨無力。清楚目標的人不會將時間浪費在猶豫迷惘中，我希望二〇六能堅定地朝著自己想要的方向前進。孩子也會填寫一張類似的問卷，您不妨在各自作答後和孩子對一下答案，看看彼此的意見是不是一樣，並多多討論。

以下是暑期及高三的各段時間安排。

七月一日至十二日放暑假，在家自習。二〇六有安排各科複習進度。

七月十三日至八月七日暑期輔導。上進度並針對學測開始複習考。

八月八日至三十日放暑假。目前尚未討論是否要來校自習（我並不建議這麼做），但二〇六會按照我安排的各科進度繼續複習。

十月底、校內推薦甄選。每個同學挑選六個校系，按成績和資格評選，決定其中一個當學測推甄校系。

一月底、學測登場（考國、英、數、社會、自然五科，每科十五級分，答錯不倒扣，題目不難但大多靈活，整合題型很多，需要融會活用）。

二月底、公佈學測成績。

三月、各校通知學測成績符合的同學參加第二關面試或筆試。

三月底——四月各校陸續放榜，準大學生出爐。指考同學繼續努力。

五月中、畢業考。考後各科多停止上課，但要來校自習，老師會協助同學解答疑難。

六月中、畢業典禮；之後在家自習。

七月一日至三日、大學指定考試（考國、英、數、歷史、地理、公民六科，各科滿分一百分，答錯會倒扣，題目難度高，而且出題範圍更廣）。

目前最需要做的，一是打好課業基礎，二是決定推甄系所。十月底的校內推薦甄選是第一關。

孩子得初估自己能力可及且想唸的系所，免得學測成績已過卻又不想去面試；每年都有學生選擇推甄校系時沒有確實考慮清楚，導致選了上得了但其實沒那麼想唸的科系，因而放棄面試機會，實在很可惜！我會提供孩子歷年來的資料供選擇時作參考。能在四月就確定成為準大學生是很幸福的；但若學測考得不盡理想，指考雖然辛苦而困難，但有六十個校系可選填，當然上優質大學的機會就更高了。每個孩子的狀況都不一樣，有的最好是推甄就上，免得拖越久越沒力；有的是後情看俏，越唸越沉穩。不論是哪一種，都要清楚自己的能力，做出最適合自己的選擇，才能之後無怨無悔。不要推甄過了又三心二意，放不下考更好學校的機會；或羨慕別人推甄上了而眼紅，自怨自艾，讀不下書。

其實高三是鍛鍊孩子抗壓的時候，日後進了社會，壓力比這更大，他應該要好好調適面對壓力的心態，並且自律地讀書，才不會上大學後鬆綁了，玩得更兇。我見過許多上了知名大學卻被退學的孩子，他們高中時是被押著讀書的；上了大學後，根本是沒有一點自律的能力，導致後來進了知名大學卻讀到退學，實在不令人意外。因此我希望孩子讀書是自覺的，如此路才能走得長久。假日把孩子叫來學校釘在書桌前，教他們一直讀書考試很容易，我們大人也比較放心；但其實這對他實質幫助不大，因為他很快就會疲乏，他做給我們大人看，但學不會自律。當他們覺得念書是為了大人，往往結果是：人在書桌前，心不在書本上，而我們師長更無從要求。等到孩子看到書就很煩、心情沉重，我們就更難幫他；情急之下，只好更逼他。這是我帶了這些年來對高三班的觀察。孩子對想要做的會全力以赴，對規定要做的就做表面功夫；這是人性。讓孩子因為期待日後寬廣的未來而努力，比告訴他考個國立大學好省學費，來得更激勵人心，不是嗎？強烈的動機是成功的必要因素，不是強烈的被逼。有深入的思考與了解，才會有充足的動機與續航力。這是為什麼我花很多時間引導學生思考的原因。

六月六日我邀請五位學長姐來班上分享讀書經驗，二〇六的孩子都很專注地吸收。二〇六歷經上學期的啦啦隊和下學期的合唱比賽，五月底盡興地玩了三天畢旅，畢業典禮後我們就要換到三年級的教室，六月底我們將回顧這一年來的點點滴滴。二〇六即將成為衝刺聯考的考生，孩子在心態上都有這等認知；再來的一年將扎實地與知識為伍，日子將更忙更緊湊，但我們仍準備迎向前去，挑戰自己的能力。有家長大力的支持與鼓勵，二〇六的孩子會更勇敢無懼。

升上高三的三〇六及未完待續

98年8月31日—9月6日　生日被整大實錄

宇姈

星期六是管樂社團練時間，原本以為我是最早到校的，沒想到社員們居然全到齊了！之後練了差不多一個多小時，兩個管樂社的學姊走進來，應該是想看看我們練習的情況，可是其中一位已經畢業的學姐臉色非常的凝重！把我叫過去問話，學姊很嚴肅的跟我說：「你們到底有沒有在練習啊！」之類的，又把社長叫過來問，直到我們的臉變得「奧嘟嘟（台）！」心情變得很糟時，我們的背後傳來：「生日快樂！」並端出生日蛋糕，我才發現我們被整了！我當場大哭！

沒想到他們會為了我的生日費那麼多心思！很謝謝他們！很感動！這是我有生以來最難忘的生日了！^^

To宇姈：這套我也玩過。三一三的蘇庭維快被我玩哭了！真是——別人的痛苦，就是我的快樂。

Sandra週記分享28　別當空心樹

陪著你們模擬考。這是第一回跨校模擬考，也算是我們暑假努力了兩個月之後的初試啼聲。你們的週記裏有暑假糜爛生活的懺悔、或對自己肯定的成就感；大部份人都說了升上高三的緊張，甚至更進一步告訴我他大學校系的目標。我非常榮幸能在這一年裡與三〇六並肩作戰。這是我期待許久的大事情。

學期的初體驗就是寫英文作文。你們表現得有多好，我早在上週就即時地給你們回饋。這確實是我近年來改作文改得很痛快的一週。感覺上觸及到英文的「實作力」。我指的是，以往的英文實力都只用來寫選項ＡＢＣＤ，要不就照題目翻譯。口說的練習很少，這遺憾已難彌補。現在終於可以靈活地寫點什麼了，而且巧思隨個人戲法不同而多了許多變化。看到大家很努力地將學過的語彙倒出來用，且有「知無不言，言無不盡」的熱情；我雖然開夜車趕工，累也累得很值得；尤其是看到同學交換批改，我發現你們已經很有能力可以互相為師，就令我更開心。這表示日後自學英文的路無須我擔心，這些年來你的英文學習有成了。只要懷抱著興趣，讀英文不必太依賴英文老師了。

升上大學以後，大部分的書都是這麼讀的；也只有這種態度，才能有扎實的知識。

其二，週三我也很快地說了那個從小乖巧、順從長輩期望、卻失了個人價值判斷與經驗值的、那棵「空心樹」的女孩。讀書是為了什麼？當你讀煩了，你能思考出捱過這一關的意義何在嗎？我不確定你的答案，但我可以告訴你我的：我正在證明自己可以過關斬將，我正在證明我有能量比這一切挑戰更強；只要我捱過去，我就離想要飛翔的天空更近。把似懂非懂的問題釐清，把眼前想做的和該做的釐清，把可割捨的和該堅持的釐清，其實在時間和體力都十分有限的條件下，考驗的就是你的智慧和堅毅。在這方面，我一向只接受自己呈現「勇者」的形象。我不見得是個強者，但我可以一直堅持、累積、不放棄，直到我要的那個成果出來為止。能幹強不過別人，至少可以忍耐超過別人。這是我泳渡日月潭、攀爬玉山頂背後真正的意義。記得《翻滾吧，男孩！》嗎？勉強自己一點點，記住當時出發的原點，然後拉長目光，看著障礙物後方的目標，一直前進。

我們一起前進！

這週，高二比了啦啦隊。我想你都已意識到時間的流逝是如此具體而快速，距離去年此時，我們已經走了一年了。時光的流逝為青春歲月寫下一頁又一頁的篇幅。你正在為你的明日做記錄。明年此時你希望如何，請現在就為之努力；讓明年此時值得欣喜榮耀。

98年9月7日—9月13日　幸運的女孩

瑋韓

這禮拜發生了好多事，其中一件讓我不知如何是好，我不知道該不該說，因為我並沒有得到她們的同意，所以我只寫下自己的感覺就好了！

我一直覺得自己是一個幸運的女孩，不管從幼稚園或到現在，我都能結交到知心的朋友。我姊曾告訴過我，知心朋友是很難找到的，而我卻在每一個階段都能遇到，或許我是那種很放心跟朋友訴說心情的人吧！這樣的我是好是壞呢？我是真的不知道，因為到頭來那個受傷最嚴重的，一定是我！可是我還是很感謝老天爺，讓我遇見她們！

呵呵！有點無厘頭吧！老師！希望下禮拜這件事能明朗化！

To瑋韓：我等著你跟我分享這來龍去脈！好懸疑喔！

98年9月7日—9月13日　向現實低頭

瓈萱

大事之一、九月七日Amber、宇妏生日，第一次模擬考
大事之二、九月九日二年級啦啦隊比賽
大事之三、九月十日數學老師「慘遭橫禍」，已經代課代了一個禮拜的老師繼續代打。

＊本週記事

一個禮拜匆匆而逝，經過模考的摧殘，無法挽回什麼，只能好好把握接下來的日子，至少不可以留有任何後悔的想法。但是，還是讓我感嘆一句：「往事不堪回首啊！」跌得愈重、給的刺激夠大，才有爬起來的動力吧！

最近一直有人在問想考什麼大學或科系，但是我真的想不到，因為每想到一個科系例如：新聞或大傳就會問自己，我真的適合嗎？

在洪醒夫文學創作營時，講師蔡智恆說了一個故事：「我有一個朋友，他學小提琴一直學不好，後來就問他的指導老師：『你認為我適合拉小提琴嗎？』老師直接地說『不適合。』於是他就放棄了，並在另一個職場上找到另一片春天，後來他非常感謝那位指導老師讓他那麼快就放棄了小提琴。然而，那位老師卻說：『用不著那麼感謝我呀！因為，如果你真的喜歡小提琴，你就不會問

我你適不適合拉小提琴，你問了就代表你並非真的喜愛它，那我當然會說你不適合。』」

於是，我回到原點，我喜愛新聞或大傳嗎？似乎可以接受，但是當我了解它的課程內容後，又好像不是原本我以為的那樣。後來，看了《P.S.我愛你》之後，男主角傑瑞常說：「凡事都有徵兆，所以先找出徵兆。」我喜歡用文字或圖片呈現出來的東西，不太擅長與人打交道，個性有點悶。二姐曾對我做出這樣的評斷：「你就去考個法律系，再考個國家考試，當個公務人員平平淡淡的過這一生就好了。」當一個人沒有特定的興趣時，以「現實」（＝經濟狀況）為考量才是上策吧！

好像越寫越沒希望的感覺，只是最近發生了很多事情，讓我不得不向現實低頭。這禮拜三媽媽到台東一趟，我和二姐必須多擔待一些店裡的工作，以至於四點多就得起來做準備；六、日雖然可以晚一點，但是我在禮拜六時真的有「累了」的感覺；因為星期五補習回來，雜務弄完都快十一點了，而星期六上午工作一結束，補習班晚上還有一堂課在等我；再加上這禮拜又碰到模考，心情已大受打擊。然而，工作了一早上後，發現一天的營業額林林總總扣掉材料費後，竟然只賺了四百元！心情五味雜陳，真的有在做白工的感覺卻又不得不做。時間與心力的投注，無法得到回報是種很傷人的感覺吧！現實距離理想，像是隔著一座海洋。因為「錢」真的很重要。

To 璘萱：適時的往上看激勵自己；也偶爾向下看，知道自己努力有成！還有，經濟是很重要，但是不要犧牲夢想。人生沒那麼絕對，只能擇其一。人生是可以多選的！我也是家境很不好的小孩，一路走來，我可以很明確的告訴你：「讀書對苦孩子而言，是最短的捷徑。」在你這個年紀，我從沒想過我可以有現在的生活。Look at me! You should understand you can. 現在的苦境會成為未來的動力，沒有一種苦是白受的！

你是個有 soft power的人，能思考，有韌性。抓住每個充實自己的機會，努力在對的時機翻身！

衷心感謝你的分享！

98年9月7日—9月13日 包羅萬象的體育課

芳瑜

大事之一、聽反毒演講
大事之二、體育股長公佈大隊接力訊息

＊本週記事

最近天氣真的很不穩定，都下雷陣雨。禮拜五放學下大雨，大家都像落湯雞一樣，趕快找屋簷底下躲雨，行動都變得很不方便，真希望趕快見到太陽公公。（還是習慣曬太陽，即使會變黑。）禮拜五體育課還是要練習兩步上籃，平常都只是玩原地投球或玩鬥牛，不曾接觸上籃，所以還是要自己認真練習。自從來了清水高中，從抱怨到學得比別人多，因為從中港高中的體育課，打籃球、玩足球、打桌球、羽球，到清水高中，游泳、保齡球、跳高、跳箱，都曾經使我信心大挫，但是後來想一想，上了大學也是會接觸，所以也不需要自怨自艾，比別人早學習也不錯啊！XD

To芳瑜：跨欄第二名的人，卻說體育課讓你信心大挫？可見清中體育課包羅萬象！

p.s.上台領獎感覺如何？

98年9月7日—9月13日　我不接受

元鈞

大事之一、模擬考結束。考試坐到屁股痛……

大事之二、啦啦舞比賽。我躲在圖書館翻雜誌。距離我們比賽那天，已經過一年了啊！

＊本週記事

不平靜的一個禮拜，在我心中掀起了波浪……課上到一半，老師就中途離開了，場面很尷尬。老師回來時，大家本來是要道歉的，沒想到老師卻說了一句「我不接受。」並叫全班坐下，當下我受到好大的衝擊，像是被重重搥了一下，不知道其他同學是怎麼想的？不知怎麼的，一股莫名的激動湧上心頭，久久無法平復；我自己也曾經作過弊，但事後真的很懊悔自己不夠堅定。（當時很謝謝Sandra的安慰和國文老師的原諒，往事不堪回首啊！XD）那次之後，便決定絕不會有下一次，沒有讀書是自己必須負責的，後果要自己承擔。雖然老師經常告訴我們不要讓自己的灰色地帶擴大，但還是看過同學們互相討論答案、拿出答案來看或借其他人的考卷來看……我自己也被借過，有過給的、也有過沒給的，回想當時或許是不知道該怎麼拒絕，但既然我借了，我何嘗不也是個不誠實面對自己、畏縮在角落，沒有勇氣、懦弱的人……？經過這次事件之後，我決定這種情況絕不會再有，我必須想辦法拒絕。如此把這樣的情況揭發出來，不知道恰不恰當……只是看到同學們的作為、想到老師平常告訴我們的，就會有一陣失落感……

（後記：在這次事件發生前，我對同學們有種不信任感，但同學們其實不是我想像中那樣，對不起錯看大家了！一切都是我太主觀……大家在「反省會」時都誠實面對自己，感覺很棒！勇於認錯才是真英雄啊！XD 三〇六加油！大家都是最棒的！）

To 元鈞；謝謝你讓我知道這一切。我和三〇六同學關係雖好，但我看不到你們的全貌，長久相處的你們，彼此才知道同學的做人做事。我很氣自己，我也很迷惘這一切我要怎樣切入、踩煞車，點醒做錯事的同學、又不傷堅持正義的同學？這兩天，我都一直陷入深沉的反省中——「做自己能欣賞的人」。真希望每個人都有一雙明亮的眼睛，在高處看著自己的一言一行。But，有人的那雙眼，就是張不開……

Sandra週記分享29　作弊之一：人格與分數

這週對我來說是很沉痛的一週。國文小考作弊一事，真是一個考驗。你通過考驗了嗎？

我想先為從頭到尾都站穩立場的同學拍拍手。You are what you do. 你沒有讓步妥協，沒有把不對的事情合理化，沒有站到灰色地帶去，並且不把這份正義當榮耀，只當它是必然的作法，這是很好的態度。明處暗處，你都是同樣光明的人。

第二是坦承作弊的同學。你讓我知道我還可以相信你，我也欣賞你的勇氣，謝謝你讓我知道你很在意我所在意的。

第三是決定仍躲在暗處的同學，我心裡略知一二。要湊出這張名單不困難，真的令我難過的是，我要怎麼說才能讓你知道，作弊這事是由「分數」出發，以「人格」結束。「認錯」，是導正行為的第一步；你裹足不前的遲疑，懦弱和駝鳥心態，就像沒被發現的惡性腫瘤，身體早有警訊，只是你選擇性地忽略它。拖吧！拖到我也決定不再相信你，不願再影響你時，你我就僅剩官方關係了。我可以接受，但深感遺憾。你遺憾嗎？

你是上述哪一類？我不是只講國文小考。我講的是你夜深人靜時，內心浮現的、無處躲藏的真相。你是上述哪一類？

早在高二時，我就跟同學談過「班級氛圍」和「鄉愿」。作弊，看來已成班級氛圍。得知同學會在小考時討論答案、借別人抄答案等等，我知道三〇六已經淪陷了。如果大家的態度還是一副「沒什麼大不了」，我的失望就不是你能想像的深了。和去年別班集體作弊相比，三〇六實在沒高明到哪裡，甚至更低下。目睹過他人的錯誤經驗，自己還重蹈覆轍，這種人不是更沒腦袋？氛圍，是每個人的事。有人作弊，怎會沒人制止呢？大家只想當個老好人，沒人有正義的勇氣，那歪風就逐漸漫延開來，「風氣」就這麼形成，並且持續下去。這種風氣，就是你每天待超過你一半以上清醒時間的地方，可是你的道德意識卻從不曾清醒過。Nobody can do it all, so we all need to do a little. 請做好你的 a little：做好你自己；制止歪風從你身邊漫延開來。年輕人應該有的熱血，包含相信單純的真理並堅持。

I believe the hard way, although the right way is always the hard way。不怕難，怕的是沒有勇氣為自己承擔。漫漫人生長路，你想怎麼走？我在心裡留著對你們的善意與祝福，還有判斷。Remember: you are what you do. I will see what you are。

週二，我很奢侈地播「我的潛能，無限」Patrick Henry Hughes 和「用腳飛翔的女孩」Lena Maria。這兩人學習的困難遠大過你們，假如要作弊，他們比你有理由。但假如他們真的這麼做了，絕對就沒有今天動人的氣魄了。你們日後會為人父母，你要教你的孩子做你做過的事？還是你沒做的事？你所須要的勇氣其實比颱風天撐傘出門來得小。請勇敢，走正路吧！

我也會深刻地反省我自己。看看我到底在哪個時間點讓你們一錯再錯，以及接下來我到底該怎麼做。

98年9月14日—9月20日　作弊讓愛我們的人傷心

家安

大事之一、太陽高高掛，首次嘗試正午時分的八百公尺。
大事之二、週三、三〇六作弊事件檢討大會。
大事之三、三百六十五行報告，喬荃、怡蓁打頭陣，真的好精采。

＊本週記事

經過了星期三的反省，我真的想了很多。老實說我也作過弊，不管是為了別人還是為了我自己。但我卻不曾真正的去正視做這些事的後果；沒錯，它只會像惡性腫瘤，愈來愈嚴重，如果你不去根治它的話。

我記得高一的時候，坐在我前面的男生在一次歷史小考中，很理所當然的把我的考卷拿去抄，甚至還跟我說「妳寫快一點好不好？」我真的很生氣，當天晚上還在飯桌上哭了……這次的作弊事件，讓我了解到「難道我就不比那個男生可惡嗎？」想到曾經讓我那麼傷心的事我卻也同樣作過，真的很心寒……

我錯了。

「讓愛我們的人傷心」大概是大家紅了眼眶的原因吧，我想假使沒有發生這件事，大家也不會思考到自己內心最深處。記取這次的教訓，以後要以一顆嶄新的心來面對每一天。

To家安：攤開來說三〇六才像一個大家庭，假如隱忍，這樣的關係是有裂痕的；只要撞擊力大一點，三〇六就碎了。

98年9月14日—9月20日　我是這樣看作弊的

新雅

Dear Sandra：

我現在非得順著衝動做事，不然我一定會悶到死。今天的第六節，那幾位同學上台講的話，都有其道理，然而我卻懦弱的不知道如何是好。這次的國文小考作弊，我也是其中一位，一直很過意不去的是：小柯獨自承擔，把所有的過錯往自己身上攬；在國文老師發飆崩潰的時候，我真的非常地希望，國文老師可以問作弊的有誰，這樣我可以站起來，而不是看著小柯自責。今天不知道要如何上台說話，是因為我覺得作弊，無論如何就是我自己的錯誤，再多的理由都只是個藉口，反省才是最重要的事。第六節下課後，小柯歇斯底里地大崩潰，聽完這麼多人的想法後，她覺得大家都把事情弄混雜了，整件事情都是因為小柯自己而起。在她大哭的同時，全班一片靜默。為了讓小柯的心情平復，我跟小江幾乎是到了極限，吼罵地告訴小柯，整件事情並不是只有她的錯，並不是因為她，全班才會發生這件事。小柯很難過地告訴我說，她覺得自己很孬，不該不負起責任，這並不是她所欣賞的。好不容易我們彼此的情緒較平復後，一波未平一波又起。

一進教室後，小江告訴我，有人告訴琇茹說：「如果今天小劉不要把考卷借給大家的話，就不會有這樣的事情發生。」我聽了真的好生氣好難過，難過的是那個人才剛從講台上下來，但是他內心真正的想法卻是這樣，並不是真正的想要反省；生氣的是那個人也是平常會借考卷給別人的人、與別人討論答案的人。只不過她在這次國文考試中，並沒有做令人不齒的事情。整堂課，我的內心一直無法平穩，甚至無法靜下心來好好地呼吸。我不想讓三〇六的氣氛，變成是當你看到一位同學，想到的是她另一面的作為，這樣子的相處模式我絕對無法接受。第七節下課後，小柯告訴萍端她有話想對大家說，在小柯激動的將自己的感覺表達完時，我決定我要發表我自己的看法。

我很生氣的告訴大家，今天這件事情，是要我們回想從前到現在，要為自己曾經有過作弊的行為反省；並不是就「這次的國文小考」來決定你的想法，絕對不是就這件事的角度來看整件事。國文老師說她從二年級就不信任我們班，但大家卻只以這次的事情來評斷自己的對錯。有人說這次的事件是某某人害的，如果她沒有怎樣怎樣的話，今天就不會發生這樣的事情。但是，如果今天這件事情沒發生，那班上的風氣就永遠不會被改正，絕對不會！我真的好生氣，我覺得大家都把矛頭指向某幾個人，但是卻沒有為自己以前曾經做過的事情，做一次反省，只把焦點放在這次自己沒有而別人有的身上。

事後，小江告訴我，我有點太激動了，好像是在偏袒小柯一樣。但是我真的問心無愧，絕對不是為了要袒護自己的好友，只是我覺得大家把矛頭都指向小柯，卻沒有人願意自我反省，只當一位假面超人，是我看不下去的事情。也許大家可能會覺得我們已經作弊，沒有資格向大家說教；但是如果一個班到最後演變成通通都是帶著面具時，那會是多麼難熬？我並不想讓大家誤解成我在偏袒理偵，我的激動完全是出自於想要班上可以從這件事情去檢討整個過去，我當然也不例外。並不是在這個節骨眼上，在那邊推卸責任，說一些假話，為什麼當初沒有制止這種風氣，然而自己都沒有回想到過去的所作所為，只認為自己在這次小考中沒有做錯，就代表是個完全正直的人。我很慶幸今天國文老師發現了作弊的事情，即使我也是其中的一員，但是我得到的教訓太多太多了，羞恥心和良心發揮了作用。如果沒有這件事情，我想我不會覺悟到作弊對自己還有別人看自己的影響；如果沒有這件事情，我不會改正我曾經有過的行為，每次小考中都可以誠實的寫完一份考卷。

我真的很確實地反省過一次，我也希望每個三〇六的每一員，無論在這次的事件中是不是作弊的那個人，都可以為自己的過去好好的檢討一次。千萬不要就這次的立場去看待你自己從前到現在的作為。我也會採取行動，不是只動嘴巴。並不是只有借別人抄或抄別人的，才叫作弊；有太多太多的作弊行為，曾經在班上出現過。自醒自省，才是重點。

原本我想直接寫週記，但是想要講的太多太多了，打字的速度比較快。山佐，謝謝你這次給我的當頭棒喝，不然我一定不會有這麼多夜深人靜的想法。我真的覺得遇見你是生命中很美好的一件事情。Thank u so so so.....much !

98年9月14日—9月20日　夜深人靜的時候

清楠

大事之一、模擬考結束。
大事之二、陳水扁先生獲判無期徒刑。
大事之三、作弊的事。

＊本週記事

事情已經過了兩個禮拜，大家說說笑笑的，好像事情已經過了。但是我想了很多，關於這個問題，似乎還是沒有標準答案。老師說的「夜深人靜的時候」，是如此刺耳，或許是因為我比別人擁有更多這種時間。如今再爭論什麼也不重要了，也不是重點了。以下是我的看法。

我有沒有做過弊，有！以前也有。這是錯的？就我的認知而言，對，這是錯的。令老師生氣，我很抱歉。（即使是星期三早修那段時間我不在教室。）但這不是藉口，我只知道我沒看見的事就不要妄做評論和判斷。對於作弊這件事，以後上大學、出社會我會不會做，我不想把話說得太滿，老實說我也不知道。

To清楠：人，終就面對的是自己。當自己成為自己都鄙棄的人，我們能怪誰？何以面對？作弊這事有多普遍，我也心知肚明。只是我會問自己：我需要同流合汙，才活得下去嗎？

我很明確知道，這是種佔便宜的心態，而不是生存之必要。堅持做對的事，沒那麼困難，心清眼明一點就可以了！

我不想變成我討厭的那種人！我選擇我欣賞的作為！希望你也是有堅持的人！

Sandra週記分享30　作弊之二：當一個打從心底欣賞自己的人

這週要結束了！我的精神一直在極度損耗當中。從週一凌晨才返抵家門，睡不到四個小時就得來上班。一到校心頭繞著的就是處理作弊一事，反覆地想著如何跟你們講說此事，才能讓你有深刻的體驗。緊繃的心情直到週三才算告一段落。然而，事情真的結束了嗎？

「因為選擇，人成為天地間最偉大的靈魂。」

人生中考驗的時刻隨時發生。選擇有利可圖時絕不放手；選擇寧可我負人，不可人負我；選擇即使不擇手段也要贏，就算輸了也要讓贏的人不好過……我們可以脆弱，也可以堅強。在考驗的時刻，選擇一個讓自己俯仰無愧的決定，你會打從心底更欣賞你自己。雖然，即使是我年長你們這麼多，又身為你們的老師，每當考驗／誘惑來臨，我也都會忍不住想挑容易的路走，想佔個小便宜。老實說，我也會跌倒，也會原諒自己，說 The spirit is willing, but the flesh is weak.（我心裡樂意，但肉體脆弱。）或告訴自己，反正別人也都這樣，又不只我一個。可是內心深處總有個聲音說：「你又不是別人。你做你自己。」於是，漸漸地我就不拿別人當藉口。我做我的決定。

我希望你心裡也有這個聲音，一個一直提醒你為何而活的聲音。考驗永遠都在，誘惑會不斷來，但軟弱絕對不是來自別人，而是來自內心深處。你能把持多少，那就是你的堅強，你的人格。對於作弊一事，你可能說了你該說的。說，是認知的傳達，表示你的體認和理解；但更重要的是你日後如何做。做，才是你的為人。大家看你，看的是你的為人，而不是你的認知。You are what you do, not what you say.

堅強！當一個打從心底欣賞自己的人！

98年9月28日—10月4日 老猴哲學

佳真

大事之一、九月二十八日（一）教師節，教師節快樂。

大事之二、十月一日（四）因為星期三體育課打了一整節的羽球，所以右手痠痛。

大事之三、十月二日（五）體育課完之後，老吳爆笑事件（請看Amber的週記），讓我們從操場一直笑到教室。

＊本週記事

這禮拜日，原本是打算拿來好好讀書的，但總是會有突發狀況。那天我三叔剛好回家，於是我和他聊了一下。我們總共聊了快三個小時，他告訴我一些人生的經驗。雖然沒有讀到書，但我覺得這三小時比起讀書更有意義。

這當中有一個令我印象最深刻的故事，是一位年紀有點大的朋友告訴他的故事——人生就像是一個三角錐，不管怎麼轉都會刺傷別人。我們在這世上所要學的就是把角抹平，變成一個圓形，讓自己不去傷到他人，做人處事必須要圓融。

他還笑著說：「以前有一隻老猴子到外頭去闖蕩，後來帶著滿身的傷痕回來。但牠並沒有怨言，因為牠將牠所學的技藝全教給一隻小猴子。」（他說他就是那隻老猴，而我就是那隻小猴。）

從他的眼神和表情中，我看到的是一個歷經滄桑的人。
這個下午真的很有意義，即使沒有讀到書我也不後悔。

To佳真：你是個性開朗、溫暖的人，熬過這一關，你會很海闊天空的！加油！至於那個三角錐的故事，叫《失落的一角》，是Shel Silverstein的作品，我很喜歡。

98年9月28日—10月4日 讀那麼多書，何用？

珮仔

最近又想起一些不開心的事，前幾天終於把等了很久的動漫完結篇看完了；但其它的故事，小說、散文、漫畫、電影……等等卻仍發行中——未完待續，我真的很想好好地把「進度」補齊，泡上幾天悠閒的時光。但每次只要想到這裡，我就覺得有些搞不清楚自己那麼努力念書是為了什麼？我最想完成的事有些就在眼前，但我卻得繞一大圈才得以去做；又加上看到電視上高中肄業的蛋糕店老闆月入數萬，買麵包的人大排長龍，他開心地做著自己最愛的工作且沒有經濟上的擔憂，但他卻才高中肄業！真的shock到我了！

儘管我們這年頭的年輕人書讀得再多，學歷資優，但每個人的未來卻仍是那麼地難以捉摸；存在於這個社會上，既要有多種才藝，又得有高學歷，但失業問題卻沒有改善啊！程度好且有大學、碩士、博士學歷的高材生，但卻找不到工作的，路上一堆。我真的覺得很無奈，全球化帶給我們的生活問題，或許遠大於現實利益也說不定。

To珮仔：有時別人艱難的夢想看似令人羨慕，是因為我們並沒有身在其中，無法體驗那樣的艱難，而輕忽它的實踐真的很困難。二來，能放下眼前的繁雜不理，別人的路就成了我們躲避自身責任的藉口，可以一走了之的輕鬆。老吳，你很聰明的，一時與永久，你雪亮的眼睛一定能分辨。他們的夢想，是否是你願意放下一切去換取的？以及眼前的書本到底是不是全是廢物？我說過：「夢想可以延遲，但不可以放棄。」你要不要堅持，其實與眼前的書本、考試無關，是與自我毅力有關，不是嗎？You are smart. You can pick a right view to consider all this。

Sandra週記分享31　團體與個人

九月下旬，已經有秋涼的感覺。每天上學的路上，台灣欒樹竄出了一叢叢鮮黃色的小花，有些進度快的已經冒出紅色的果實。昨晚是上弦月，我在圓滿戶外劇場的草地上鋪了野餐巾，晚風徐徐吹送美聲男伶的歌聲，一曲又一曲。這是我送給自己開學以來努力工作的謝禮。

昨晚，好希望你們也在！

歷經了上週的低氣壓，這週的週記也特別難改。從作弊事件中你們各自看到不同的面向：國文老師的風骨，同學的自責、擔當、甚至切割。你也許感嘆一些同學事發當時及事後怎有如此不當的表現，因而對三〇六失望，萌生了「只想顧好自己，不再理會團體」的念頭。假如真的如此，三〇六才是沒救了。對一個你心所屬的團體，假如你只參予它的榮耀，卻摒棄它的缺陷，那這個團體也可以如此對待個人：不需要包容個人的缺點，只選擇能力夠的人進入這個團體。這樣很可怕！不會跳舞的就別來跳啦啦、音準不好的就不要比合唱、成績不夠的就踢出三〇六……我們所衡量、重視的，就只剩下能力，而忽略了人性。這會是個什麼樣的班級？身為三〇六的一份子，我們應當能接受三〇六的全貌，三〇六是好是壞，都是我們的班級，是你一天待著超過十個小時的地方；假如你不能打從心裏欣賞它，只要它的好，卻看著它的不好無人過問、關心，心態上也許輕鬆了，但是你對團體的歸屬感，也就自此消散瓦解。如此，獨善其身，換來的是快樂嗎？

況且，表現令你失望的同學也不是沒有改好的可能，三〇六的過犯也有改正的機會。如何促成你心所屬的團體朝著更好的方向走，這樣的態度才是久安之道。這樣當然比較累。但是集合眾人之力，這不是不可為。你也應該要相信自己有對團體付出的能力。我常說的稻田的故事，你記得吧？稻子是風媒花，會互相授粉；人也會互相影響。你不在乎團體，只重視自己時，這個團體是絕對不會優秀的；當它不再優秀，身在其中的個體也難有傑出的表現。我們是相互影響，團體和個體是相互成就的；每一個個體，對三〇六而言，都很重要。三〇六不曾挑剔同學什麼，我也不曾以學業成績去批判你什麼，我衷心希望你給三〇六的，至少是同等的對待，因為你在三〇六。

我看得出來，這週大家心態上都輕鬆了許多。作弊事件彷彿已經過去，但值得思考的事情真的不只作弊而已。你就快要進入價值觀更混淆的大學，之後會進入社會，而我對你的教導，不是僅止於把你送上大學就結束，雖然我大可以簡化事情，不需要在意這麼多。時間，應該浪費在美好的事物上，像是好書、咖啡、和美聲男伶。然而人生的路很長，我對你是滿心的祝福；你就是我在意的美好事物，所以我要知無不言、言無不盡，苦口婆心又忠言逆耳地說給你聽。這週說的這些話不是很好聽，但我不要當鄉愿，只講好聽話。我選擇當一個「用愛心說誠實話」的老師。希望你也選擇你的角度看這一切，然後明智地看到箇中智慧之所在。

I love you, and I expect a lot of you.

98年10月12日—10月18日　頭快要爆炸了！

喬荃

好久沒有寫週記了，其實有很多話想和老師說，只是面對週記簿腦筋卻又一片空白。高三忙碌又單調的生活，讓我無時無刻不在思考和反省，感觸也很多。時間真的過得太快了，馬上又要面臨大考，接著又成為大學新鮮人，明年的現在我會在哪裡？

從暑假到現在，每個假日固定會到圖書館自修，可是其實一天能複習到的科目並不多，而且有時光一個科目就花了大半天的時間，讓我覺得很煩躁；但能怎麼辦，只有讀書才能消除煩躁的感受。

最近感覺我的頭要爆炸了，不管是裝進去還是塞進去，總之腦袋裡裝了一大堆東西，塞了一大堆東西，能記住多少，唉！

我最怕歷史了，所以我很努力的並且花很多時間去讀，可是考試時不會寫那我就囧了，會覺得自己很糟糕。

最近英文常春藤模擬考愈考愈爛了，信心瓦解！

我決定找一件我想做的事來做，暫時忘掉課業！

十月十七日去參加了一年一度的爵士音樂節，感覺真的很棒！藉由爵士樂，我能暫時舒緩平常緊繃的神經，還可以減輕疲憊，享受著舒服又輕快的旋律，身體就不自覺地隨之搖擺，好想就直接躺在市民廣場上，因為真的好舒服好舒服！音樂對我，在生活上真是扮演了很重要的角色，可以振奮我的精神，讓我有煥然一新的感受，神清氣爽啊！

To喬荃：你若耐得住煩躁，做該做的，不是只做想做的，你就長大了！這一段目標純粹的時光，是種沉靜和鍛鍊，穩扎穩打，前進得慢沒關係，大起大落我才擔心。別讓懷疑削弱了自己的動力！我都會一直陪著你們的。

98年10月12日—10月18日　金鐘獎有感

新雅

大事之一、統聯連環車禍，死傷慘不忍睹。
大事之二、金鐘獎，痞子英雄勇奪五項大獎。（Sandra：趙又廷哭得很慘，是嗎？）
大事之三、公民老師要結婚了，上課的九十秒大學自我介紹很刺激。

＊本週記事

蔡岳勳，是這次金鐘獎的最大贏家。雖然我沒有看過《痞子英雄》，但是看到他數次的紀錄，不得不佩服。一直記得他以前拍片過程很艱辛，曾經有段時間沒有任何一家廠商願意出資協助拍片，許多劇本因此難產，似乎蔡岳勳就是賭上招牌的保證。他與另一位知名導演鈕承澤，更是患難與共，兩個人相約一起從演員變成導演，最後他們都達到自己的目標。在頒獎典禮上，看見兩個人在台上擁抱宣佈最佳戲劇——《痞子英雄》時，珍貴的友情跟一切的辛苦化成了果實，全場歡呼，我想那一定是一種最佳的自我肯定。

另外，最佳迷你劇集男主角夏靖庭，聽到自己得獎時，超級大聲的歡呼，上台的感言最不八股：「去年的現在我還在勒戒所……也許我已被貼上標籤，但是因為努力不斷向上爬升，會使我的標籤被撕去……」他證明了自己找到了自己的定位，更闖出了一片天，最終仍靠自己的力量，把吸毒的標籤撕去。

p.s. 我決定職場報告要介紹髮型設計師。

To新雅：看過夏靖庭演戲，你會感動，他是橡皮人，會把自己拉扯變成劇中人，而且跟過去演出絕無相似處！

ＯＫ！專訪對象是……？（期待中！）

Sandra週記分享32　敢於夢想，成就偉大

這週其實是我超不想上課的一週。可能是上週末的段考，我一口氣改了太多文章，超高工作效率後帶來的極度的倦怠感，需要較長時間的休養生息。原本以為週一發個卷子，再講下次期中考前的小考進度應可應付過兩堂課，沒想到節奏沒調好，一旦自己覺得課上的不扎實，自己就會很心虛，感覺有虧職守。在加緊準備雪山隧道這課的教材時，看到工程師說：「雪山隧道的成功，是從瀕臨失敗的經驗中得來的。」以及總工程師曾大仁的結論：「沒有打不通的隧道，只有打不通隧道的人。」我一直告訴自己，要有所堅持，因為我的授課會影響兩班的學生。我上得好，學生就學得輕鬆；我刻板無趣，學生自學就會很辛苦。雖然有時燈光一暗、影片一放，還是有同學就趴了下來，我還是得為那些很認真吸收的同學堅持下去。

你，堅持了嗎？

這週讀了《十八歲的成年禮》，以及《會飛的書包》。前一本是講一個獨立的女生，用搭便車、借住人家家裡的方法，只花兩千元環台旅行。第二本講的是十位大學生到十個不同國家當交換學生的心得紀錄。這兩本是為你們這些年輕人讀的。加上上週看台大機械系的「夢想無限」，我深刻感受到，日後為你們生涯精彩度決勝負的，執行力絕對是首要條件。我有個結論：Dream Big. Achieve High（敢於夢想，成就遠大）。從夢想跨向成就，靠的正是執行力與堅持。當我找到自己

深信不疑的信念，我就有力量一直向前苦耕。我總認為，「不怕忙，只怕白忙一場。」何況不忙、鬆散，常會帶來遺憾悔恨，讓自己更加無力。我絕對明白你要讀的書和考的試很多，但這是一場值得為之奮戰的仗，它會為你掙得未來四年更優質的就讀環境，決定你有什麼樣的同學坐在你四周，上哪種教授的課。一年換四年，划得來的。請堅持下去吧！

98年10月19日—10月25日　驚喜的慶生

家安

大事之一、週三作文指導講座。
大事之二、第二次模擬考。
大事之三、十月二十五日台灣光復節，ＹＡ！

＊本週記事

這個星期會是我一生難忘的回憶。

星期五和大家約好一起去爵士音樂節，還沒到目的地，喬荃就叫我和玟寧陪她到精明一街拿東西，於姍和怡婷則是先去佔位子。我們買完晚餐後就去和他們會合，沒想到他們竟然在草地上用蠟燭排我的名字，真的好感動，有一種受寵若驚的感覺。第一次有人用這種方式幫我慶生，我永遠都不會忘記那一刻，有她們這些好朋友，我真的好謝謝老天爺。

爵士音樂節也好棒，小提琴和吉他的結合簡直是到了「神乎其技」的境界，我都快看傻眼了！雖然時間已不早，還是忍不住和大家一起喊安可；雖然回到家已接近十二點，但這一切真的很值得。

星期五是個完美的日子，謝謝喬荃、於姍、怡婷、玟寧，謝謝她們給了我最珍貴的友誼。

To 家安：大學要有這樣的朋友不容易了！連男朋友都不見得這麼浪漫！

If someone celebrated my birthday this way, I wouldn't forget it forever.
So romantic! What a precious friendship!

98年10月19日—10月25日　安的十八歲

喬荃

模擬考結束了，老實講已經沒什麼感覺了，國文手寫的部份佔了好多分啊！唉！我每次寫的作文老師好像都不喜歡；數學這次猜對了好幾題，可是分數一定還是很低；自然就更不用說了，不知從哪準備起；社會這次我沒有好好把握，有的題目就是想太多了，改掉了好多原本寫對的；至於英文，閱讀題也太長了吧，重點是內容也蠻無趣的，看著看著眼睛都花了，英文作文也不知圖片在畫什麼，就只好想到什麼寫什麼，希望不要離題太遠。總之，考完了也無法改變了，再加把勁吧！

嘿嘿，十月二十五日星期日是家安的十八歲生日，我們決定給她一個驚喜，又剛好碰上一年一度的爵士音樂節，所以利用了星期五一考完試，就到市民廣場為她辦生日party，準備了一個大野餐墊，上面擺了蠟燭，形狀是一個「安」字加上數字「18」；在這之前，我跟玟寧先把家安抓去買晚餐，然後故意把時間拖得很久，好讓於姍跟怡玶準備準備，等到他們準備好了之後再用手機通知我們，所以當家安回到市民廣場時，就可以看到我們為他精心準備的驚喜；只可惜要點蠟燭時被警衛制止，因為市民廣場是不能點火的，於姍跟怡玶苦心拜託也都沒有用。好吧，那就偷偷點了！（千萬不要模仿啊！）其實這樣子也蠻好玩的，好刺激！不過說真的，蠟燭點起來還真是美，也很有氣氛，希望家安有個難忘的回憶。之後，我們就在市民廣場上享受著清涼又舒服的微風、美食，還一邊聊天談心，真的好棒喔！接著我們到了音樂節的表演現場看了一場吉他和小提琴的二重奏，以前都沒看過這樣的組合，真是大開了眼界；兩位演奏者也都很厲害，超酷的啦！就這樣看到了十點，觀眾都很熱情，也都不想回家，一直安可，氣氛真的很棒！好過癮喔！今天！

To喬荃：連我看了都蠻感動了，更別說是家安了！家安會記得一輩子的！

98年10月19日—10月25日　第二次模擬考

靜儀

大事之一、星期一藝術課看電影——舞力全開。雖然之前在電影台已經看過了，但還是覺得很好看。每個人舞技都很精湛，也在舞蹈中找到真正的自我！

大事之二、星期三職場報告——欣澔、韋傑、清楠。

大事之三、星期四、五第二次模擬考。

＊本週記事

星期四、五是第二次模擬考的日子，時間真的過得好快，總覺得第一次模擬考才不久前的事情，沒想到轉眼間已經考完第二次了。這次的模考感覺與上次相比考題較深，相對的，要思考的部份也較多了，尤其是數學！不過我喜歡靠自己想、自己推去找出答案，畢竟數學最重要的還是觀念。原本想說數學可能會考慘了，但沒想到對完答案後，原始分數反而比上次高，感覺其實堅持到底是值得的，即使慢慢算會耗費不少時間。至於這次的英文真是在考驗我們的耐心，而且有不少題目都粗心失分，I should be more careful next time！

這次的國文作文是「忘記」與「回憶」擇一，我選了回憶這個題目。對我而言，時間就像是藏寶箱，而之中的寶藏就是回憶；隨著時間的累積，我所擁有的寶藏也正在一點一滴增加。

To靜儀：所以整體而言，你這回狀況不錯～Great!

Sandra週記分享33　一步又一步

週四，三年級的跨校模擬考給了我一個機會可以到東海聽演講。主講者是群聯電子的董事長潘建成。二〇〇六年天下雜誌以他、謝依旻、王建民和周杰倫作為成長專刊的主角。三年前的三〇七和現在的三〇六都知道他們的故事。

兩週前知道這場演講訊息，後又得知他在東海演講完後會到我先生任教的台中教育大學資訊科學系與同學座談。我很好奇潘建成本人是否真如雜誌上所寫的樸質踏實，於是調了監考，前去東海一探究竟。並且建議我先生，一定要先給系上學生看過成長專刊裡介紹潘建成的的單元「拼搏」，座談才會深入有力。週四午後，在茂榜廳裡，我聽著一點也不像董事長的潘建成，和年輕學子談他創業的點滴。

他的分享主要有三個方向：

第一，提醒他們朝著對的目標，一步又一步地穩扎穩打，就會走到他要的目標。當中辛苦倍嚐，也沒有一點成功把握，但是一天又一天就是把事做好，三千多個日子就累積出現在的局面。成功別無他法，就是一步又一步的累積。

第二，珍惜每個當下，儘量住宿舍磨練人際關係。日後創業時夥伴，可能就是這些長時間和你磨合默契的人。辦活動、社團都盡量參予，並從中找到自己欠缺的、需要培養的特質，例如負責、承擔、大方等等，對未來都受用無窮。

第三，人生充滿變數，他的創業不是規劃來的，是「不得不」和一步一步基本功而來的。與其花時間規劃未來人生的方向，不如當下把可以努力的事情做好，把態度培養好。這當中他也提到當管理人的心得。以他沒讀管理叢書但得管理四百多位員工，靠的就是核心信念：你不要人家怎麼對你，你就別怎樣對員工。這也是種務實，把複雜的管理回歸到最核心的原則，然後實踐它。成事無它，朝著對的方向，不怕慢，扎實地做好每件大小事，就會到達目標。

他的樸質實在的氣質，讓我覺得台灣有這樣的成功人士真好；這些年輕人能看到這樣的成功典範，真有福氣。

會後，我馬上打電話給我先生，告訴他潘建成在東海的演說重點，而且建議他多引導潘董多介紹科技業的現況、職場生態和就業條件，會更符合學生的需求。果然，因為學生知道他先前的創業事蹟，對他有更多的了解後，就想了解更多，座談會的Ｑ＆Ａ形成活潑的對談，讓潘建成願意多對學生更深入分享，即使超過預定時間，也大方地留下來，到問題告一段落為止，同時，也對這兒的學生留下更深刻的印象。這就是我的後話了！我想點出：什麼樣的聽眾，會是收穫最多的聽眾？在東海茂榜廳，同學的秩序很好，出席也很踴躍，聽演講的神情用心專注，但面對主講人的提問卻常是僅回報以眼神，而非回應。有幾個問題是有學生稀稀落落地說著答案，大多數是不願開口的，哪怕只是一個：「你平常打不打籃球？」這稀鬆平常的問題都沉默以對。這不單是東海學生的問題，這是我發現在多數學生的通病：躲在群體裡，沒有表達自我的主動積極。當聽眾多半只用眼神表達，主講人是很難熱情的。主講人的熱情往往是最有感染力，能將整場演講最核心的力量灌頂在聽眾的身上的。聽眾不是被動，是積極探問、鼓勵講者熱情分享、知無不言、言無不盡的。但是，怎麼冷淡平靜成了演講廳的慣有氣氛呢？這對特別撥出時間去聽演講的聽眾，是一大損失啊！

我的繁星三〇七，和我現在捧在手心的三〇六，你們是我在教書的路上的舊愛與新歡。一直以來，我都像野人獻曝似地，和你們分享我的生命經驗，期望藉著我走過的路、犯過的錯、漫長的省思，能讓你也許有一天走到類似的關卡時，多一點參考意見，然後做個更高明的決定。我常說的話，你還記得嗎？

「用小學生的態度，過大學生的生活。」

「別給自己太好過，多勉強自己一點點。」

「做好時間分配，永遠知道下一刻你可以做什麼。」

「掌握主控權，別將決定權輕率地放在別人手裡。」

「決定自己的價值，而非價格。」

「別讓害怕主導你什麼做什麼不做。」

「不怕忙，只怕白忙一場！」

潘建成的演講再次幫我灌注一股衝動，教我再次呼叫三〇七、叮嚀三〇六。我相信我在做的事情是很有價值的，所以再怎麼一廂情願或痴人說夢，我都還是要告訴你，用力地把話說到你心裡。三〇七啊！你已經大三了！你想好再來的兩年要如何緊抓利用，完成你大學事件簿的樁樁件件夢想嗎？三〇六的孩子們，你可能會疑惑不定，覺得很未來飄緲嗎？堅定一點，一步又一步，你會到達彼岸的。Trust Me.

I believe the hard way, though the hard way is always the tough way.

When the going gets tough, the tough gets going.

You are much tougher than you think you are.

Time will tell.

98年10月26日—11月1日　四遊鰲峰山

佳真

大事之一、十月二十七日（二）宇妏職場報告——自行車；亞琳職場報告——打版工人；元鈞職場報告——房屋仲介。

大事之二、十月二十七日（二）晚自習時立綺撿到了一隻小貓咪，於是帶回班上。

大事之三、十月二十八日（三）班遊日——鰲峰山。

＊本週記事

上了高中之後，這是第四次和班級去爬鰲峰山。（高一一次，高二兩次，這次是第四次。）這一次和以往不太一樣，以前都是老師在前面帶著我們走，這一次則是我們自己帶領自己，老師在後面攝影。而且這次行動也比較自由，可以自己決定速度，唯一的條件是最後得到終點集合，感覺老師已經把我們視為大人了，非常奇妙。

這次爬山我和靜儀應該可以說是打前鋒的，雖然發生了幾次小意外，和大家走不同路、走過頭，但我們可是最快到太子殿的，總算沒丟了清水人的臉！但下山時我們卻變成最後一批，因為我們在玩鞦韆，坐在上面微風吹過很舒服，感覺辛苦都消失殆盡了，覺得這次的活動更加有意義了。雖然下山之後雙腿不停的發抖，但還是覺得很值得。

To佳真：是啊！還和高二上一樣，你們不就沒長進了！

會抖？我以為你們很強耶！

不斷走錯又超前！

98年10月26日—11月1日　樂透餅上電視囉！

俐蓉

天氣越來越冷，也有許多人掛了病號，好可怕喔！不過，我們「優質跑步團」是沒這麼容易被打倒的！（但妍君還是中了鏢！）

週三的太子殿之行，出去走走真的還不賴！雖然很累，但精神超——亢奮！哈！結果太子殿竟然長那樣！

首先，謝謝老師這麼慷慨地提供法律系的資訊，真的很感謝妳！然後，我最近已經比較不會茫然的讀書（因為自己有排進度），但有時還是讀不完或偷懶……但，一樣會害怕讀的有沒有吸收進去，這種不踏實感，每想到都覺得像快溺死一樣，喘不過氣，所以，丟掉好啦！現在要做的就是「爭取時間」以及「衝、衝、衝」！

還有呀，Sandra說的「邊走邊學」，爸爸也這樣跟我說。哇！我真的覺得老爸可以去當講師了！他說：「經驗的累積比你從書上學來的知識更重要。以後你接觸的是整個社會，不是只有「書」，現在很多學歷很高的人，不懂得與人應對進退的道理……書讀得多，並不是代表就一定是最強；是知道如何順應這個社會的人，才是最強！」話是這樣說啦，經驗是要從哪比較深刻的累積？還是不知道……

另外，呵——我家賣的樂透餅上電視囉！三立的鳳中奇緣來拍我們，哇——太神奇了，傑克！

To俐蓉：我覺得你若日後幫忙爸媽擺攤，你就會看到人生百態。假如你學會應對、處事，這就是社會經驗！

98年10月26日—11月1日 鰲峰山的風風雨雨

良靜

我認同老師的想法（對於上週的事）但還是要解釋一下，我們的出發點不是那兩小時能帶來「利益」。其實出發前的風風雨雨以及後來的誤會，才是讓我失望難過的。我不太能釋懷散播謠言的人，那樣的斷章取義對我的傷害很大；不了解我們的人憑什麼代替我們發言。我承認我不合群，但公民課本上強調的尊重在哪裡？跟他們不一樣有錯嗎？課堂上，有老師問起這件事，有人就直接說：「有人沒有去呀！」讓我深深覺得很對不起身體不適的同學；他們被扭曲誤會、被拖下水。而班上的確有這樣的問題，畢旅之前，光是分房間，就有同學在哭。

人和人之間有摩擦是正常的，只是「不屑」的態度我很不以為意，媽媽常告訴我，每個人都不一樣，能在一起就是緣分，要對別人好一點，能幫忙就要幫忙。這次我擅自主張，媽媽也唸了我，說我不把別人放在眼裡，會讓人很難做事，所以我也要向老師道歉，有時候我很容易只執著一種想法，造成老師的為難，你的想法我明白了！在人際這門課，我要學的還有很多很多，我也會很盡力的朝這目標努力！（反省中——）

To良靜：我們能決定的，只有自己的作為，不包括別人的嘴，所以「為自己負責」，其實也包含這後續的承擔。

98年11月2日—11月8日　媽媽女強人

宛姿

隨著日子一天天的減少，心情多少都緊張了起來。教室座位的正前方，就是白板上的「學測倒數」，心中的石頭又更加的沉重。在這個時間點，想想夢想的美好，以前總覺得時間不夠了，還亂想，浪費時間！現在擁有一個夢想or目標，是給自己一個動力！

這假日做職場報告，和媽媽聊了許多。她後悔放棄了出國的機會，但對她而言，再難過也不會改變事實，所以用放寬的態度去看待。我很佩服她，把「女強人」這三個字達到極致。問她，希望家裡的孩子跟她一樣嗎？她卻說：「站在頂端的強人，是孤獨的！我不希望你們和我一樣，承受與論、壓力、孤單，這是你們沒辦法想像的。只要你把握當下，努力而不後悔，與別人建立良好的人際關係，才是真正的強人！」

我受益了很多，即使剩下的時間不多！但我還有這些時間可努力！

To宛姿：你媽媽真的很厲害！出國機會的錯失，也是我看了很有感觸的地方，But她EQ很好，人總要向前看，一直遺憾過往，無濟於事！

報告得很好！

家長信函4 邊走邊學

各位家長：

秋高氣爽的十月是個讀書的好季節，離學測倒數的日子也已破百，進入二位數。三〇六從開學至今經歷了兩次模擬考和一次期中考，心情也隨著成績起起伏伏。

從九月底開始，我就利用中午的時間跟學生個談，一來了解孩子的讀書狀況，二來檢視孩子有沒有積極地思考未來校系選擇的問題。十二月初即將進行推薦甄試校內初選，也就是說孩子要先按照就讀意願挑出六個校系，再由學校按成績把同學分成五個梯次，由成績最優的開始登記校系，一天一個梯次，如此一週之內選定同學的校系。由於一個校系只能報兩個名額，所以高一二的校內成績就成了決定因素。舉例來說，清中有六位資格符合的同學想報中興外文（條件資格以十一月份發行的簡章為依據），以學校的登記制度，就會篩選成績最優的兩位登記，另外四位就得另做選擇。因為三〇六班上學生高一二成績都不算太差（很差的當時就進不來二〇六），我預估校內初選應該會在第一、二梯次就決定了，因此個談時，我都會問他們會選什麼校系。目前發現有近一半的同學對科系的選擇仍動向不明。我以過來人的身分跟孩子分享一點心得，也在此供家長們參考。

我們師長憂心孩子大學讀什麼科系才好，第一考慮的，是他日後就業容不容易。現今的社會變動太大，我們若以自己當年的經驗指導孩子，恐怕會是一招險棋。以老師這行業來說就好了，考上師範大學或教育學院，一但畢業就等分發，就業根本不是問題。但現今少子化，加上流浪教師過剩，修完教師學分很容易，通過教師資格檢定也不難，但要找到學校開缺並考進去任教，就比考研究所難上數十倍。九十七年度清中需要一個地理老師，一共六十八位老師來報名。考上一個後剩下的六十七位就再去下一間開缺的學校考，而同時各師範大學還在「製造」更多合格的地理老師出來考試。你若鼓勵孩子從事教職，他必需對當老師很有熱情，才熬的過這重重關卡。台中教育大學資訊科學系甚至言明在先，這個科系不培養資訊教師為目的，而是培養資訊人才（例如在科學園區工作）。這和以往的情形是大不相同的。另一個例子是一些優質國立科技大學，近年也招收學測級分很高的同學，例如高雄餐飲管理系，推甄得要六十級分才上的了。軍校和警大的入學分數也都提高。這都不是我們以前熟悉的現象。你可能也認為公職單位是鐵飯碗，但考上的比例真的很低，如果是會計或其他公職特考，都比我們以往的年代來的更困難。

這樣好像很沒指望？其實，對自我了解不夠明確的同學而言，我倒覺得大學四年是邊走邊學的四年。這樣的高中生有近半數甚至過半數如此。以我自己為例，我高中唸第三類組，預備考醫科或農科。結果因為我的生物超強、物理超弱，為了能上國立大學而捨棄物理，填了第四類組中與大學植物病理系。唸了一年發現自己和系上格格不入，於是勇敢參加轉系考，大二進了外文系。唸了外文也不知道要從事什麼行業，大四下學期一窩蜂地和同學去考空姐，以為這樣賺錢容易。因為家裡窮，四年裡我都藉著家教賺學費和生活費。結果空姐沒考上，反而去了私立學校教書。英文、童軍、家政、指導活動、社團我都能教，靠的就是我在社團學的團康、吉他、美工和組織能力，以及四年的家教經驗，讓我很快得心應手。教書三年後，才正式考慮拿這當自己永久的志業，於是考上教育學分班，利用夜間到彰師大修完學分成為合格老師。接下來轉戰教高中，一直教到現在的三〇六。

回想起當年高三時，我完全沒預料到自己會當老師。我用自己為例提醒同學：在每個讀書的過程中，累積的不只是知識，還有處事能力、獨立判斷，以及視野等等。把握每一個學習的機會很重要。社團、系學會、辦活動、打工都是邊走邊學的機會，企圖心更強的還可以嘗試去機關單位實習或到國外當交換學生。只是我們的教育環境常把孩子教得很保守，多數人做什麼就跟著做什麼，避免負重責大任，看重有分數的評量勝過學習品質和內涵。假如我們的孩子到了大學，沒有節制玩樂的概念，不會時間分配，無法自主學習，還拿家長當提款機，只怕他即使上台清交成政等名校，還是不了解自己要什麼，畢業了也只是棵空心樹。我想跟家長們分享的是，孩子有他該承擔的未來，該有的徬徨和抉擇，上哪個大學其實比不上怎麼唸大學來的重要。三〇六的孩子都貼心，希望能上國立大學為家長省錢。但是大學四年的刺激是讓孩子脫胎換骨的黃金時期，我仍覺得能優質又國立是為佳選擇，但如果無法兼得，優質環境應勝過國立，成為孩子的選項，而不是一竿子認為所有國立大學勝過所有私立大學。提高孩子的學測級分，是我當下努力的目標之一。他們若對大學有明確的期待和認識，就會用心規劃自己的大學藍圖。當讀書考試讓他們極其疲累的時候，一想到未來，就更有鬥志繼續打拼下去，而不是越讀越茫然，越不知道一切辛苦是否值得。他們想要，就會全力以赴。

說了「邊走邊學」的概念後，目標不明的同學就比較不會那麼不安，反而可以更鎖定金字招牌的老學校作為目標，捨棄號稱國立但就業市場慘澹的學校。離學測不到一百天，三〇六的孩子都在努力地打拼著，每天的各科複習考早就從開學排到學期末，這是我來清中十一年來第一次排這樣的考試進度表，可見各科老師多積極。放學後跑操場練體力的人數逐漸增加，晚自習狀況穩定。我感覺到孩子一點一點地朝著目標前近。他們會心慌，因為進度永遠讀不完，未來誰也沒把握，但是他們還是一直在努力著；他們沒把握會不會突破自己上一回的級分，但還是一回又一回地寫著模擬試題。這樣的堅持與勇敢，看在導師的眼裡，既心疼又安慰。我們老師和家長能提供的陪伴，會是他們更加穩定的力量。這是一場耐力戰。雖然沒把握能奪標，但只要努力，至少離目標更近。

一起加油吧！

98年11月9日－11月15日 神經太大條

佩珊

大事之一、模擬考成績出爐了，真是悽悽慘慘啊！要更加把勁了！

大事之二、週一的生活藝術課加上週三的拍照時間，「副修小考科目」真的是幫我減少許多不耐煩的等待時間。

大事之三、這種陰涼的天氣每年都讓我咳嗽連連，唉……中部溫差真大。

大事之四、這週過得很充實，考試、三百六十五行報告和大學功課，豐富的一週。

＊本週記事

雖然模擬考退步了，但是卻沒太大的挫折，想著繼續努力的話，應該還是有機會進步的。是我自己神經太大條了？上了高三後，雖然壓力、課業增多，但心情總是滿平順的，不像已往容易沮喪、難過；用平靜卻認真的心情去過日子，感覺生活比較充實、快樂。最近聽到同學們抱怨生活上的不愉快，我很樂意當他們的垃圾桶；但左耳進、右耳出，聽聽就好！轉個彎想，這也是種生活上的經驗。

這禮拜學到一件很重要的事，以往只會跟隨別人的腳步，但是現在，我也要努力學習做我自己，安排自己的生活計劃，才不會每天過完都不知道自己當天做了哪些事，而浪費時間在懊悔上。

To佩珊：當自己，才不會迷失在人群裡！我雖已到四十（唉！），還是不能完全領悟自己的界限和是否已盡了全力！要和自己相處一輩子，了解自己是一輩子的課題。

98年11月9日—11月15日　插大的震撼

萍端

生活越來越忙碌了，尤其是最近，抱怨的話常常不小心就脫口而出，最常說的是這句：「吼——煩死了，一直考試！」大考、小考和模擬考接踵而至，現在，我看到成績已經沒有任何感覺了。反正，考卷發下來就寫，寫完就改，改完就檢討。每天一直重複一樣的事情，不厭倦也很難。

偶爾，在某些時刻（像是搭車、洗澡的時候），我總是想：「早知道會這樣，我就讀高職就好了！」國中底子本來也沒多好，幹嘛沒事學人家讀高中啊！如果能再一次選擇，我寧可乖乖聽老媽的話去讀護校。她從以前就很希望我讀護校，畢業後當護士，可是這樣的話，我覺得病人會很可憐。結果現在，我覺得我這個高中生才可憐，每天都從水裡來，往火裡去……

直到這禮拜，我湊巧在公車上遇到國中的同班同學（因為全車只剩他旁邊沒坐人了！）他是一個超級樂天、幼稚到爆炸的人。

「來台中幹嘛？找你的Honey喔？」他唸了五專，聽說交了個好漂亮的女友，反正，唸五專的，都嘛在跟女友廝混……

他白了我一眼：「屁勒！我來補習。」

我嚇了一大跳：「國貿系要補什麼東西啊？」

「國英數啊！微積分什麼的……」他用「妳怎麼連這都不懂」的表情看著我，接著娓娓說出：

「因為啊……，我，明年要，插大。」

呃？你說什麼？插大啊……這樣啊……

什麼？！

「你要插大？」我的天啊，這怎麼可能？太shock了，我覺得我這時候的表情一定很好笑。

「嗯，插商學院。所以，我現在一個禮拜有六天要補習，每天幾乎回家都十點、十一點了。因為我發現啊，二技不適合我，所以，才下定決心插大。我繞了一大圈，才找到自己想要做的事情。」

沉默。一時之間，我不知道要接什麼話才好。他不是個會乖乖啃書的人啊！

他苦笑著：「只有我找到目標在唸書，其他人玩得跟什麼一樣，根本就還沒清醒嘛！自己一個人埋頭苦幹，真是有夠辛苦的！」

剎那間，我的腦袋好像被重擊了一樣，心裡有一種莫名的震撼。我本來以為他們都很輕鬆快活的，可是事實好像跟我想的不太一樣呢……什麼嘛！我根本沒有資格自怨自艾啊！

「我覺得啊，不是只有你一個人在埋頭苦幹喔！」真是的，我發現我在笑。久違了，許久不見的笑容！

「你好厲害！我好佩服你，我們要一起加油喔！」

聽見我興奮的這麼說，他眼睛瞪的大大的，似乎是嚇到了，可能是我從未用這種近乎「崇拜」的口吻對他打氣吧！我想，此時的他，非常需要有人替他打氣。或許我也是……

「好啊！堅持下去，不准放棄。」他也笑了，開心的那種笑。

我發現他跟以前比起來，真的不一樣了耶。而現在，聽完他的話，我的內心似乎也有所不同了！

To萍端：我們以為輕鬆自在的人，他們的自在也許是被我們放大的！因為總是看別人的樂，看自己的苦，然後覺得自己很辛苦，別人很happy。你這篇寫得真好，很有「當頭棒喝」的省思！

98年11月9日—11月15日 學會自己一個人

怡
怡瑢

大事之一、星期日早上當圖書館義工，排書，上架好累。
大事之二、利用週末看完了《十八歲的成年禮》，good！覺得很值得。
大事之三、跟邱肥、姍姍去東大讀書，很充實！

＊本週記事

禮拜五晚上，我跟邱肥和姍姍去東大讀書。吃完晚餐後，決定散個步，再進去讀書。在過程中發現好多大學生都是一個人，才知道Sandra你真的教了我們好多別的老師不會講的東西。記得妳曾經說過，要學會自己一個人，不過我們三個都覺得好難，如果叫我自己一個人去圖書館，一個人走在校園裡，我應該會很不願意。我寧可在宿舍睡覺吧！哈哈，我們三個都發現：我們如果自己一個人，所有的能力都降低了！

讀完書以後，我們繼續在校園遊走，邊走邊聊。我們發現我們以前都把大學生活想的太美好了，其實我們現在才是最幸福的：有一群真心的好友，有共同的目標，很單純的生活—就是讀書，此時此刻我真的覺得何其幸運。不知不覺我們走到了教堂，正好有群大學生在裡面唱聖歌，害我更感傷了起來：不知以後還會不會遇到這樣的朋友？我們三個還站在門前禱告，希望主能給我們力量堅持到最後，也感謝主賜給我這麼寶貴的友情！

To怡琦：有自覺，是改變的第一步！你學得會一個人的。It's a matter of time and will.

Sandra週記分享34　大學裡學會的功課

我在戰戰兢兢的心情中度過這個禮拜。起伏的心情，到週四聽完職場報告，才有個安穩又有力的感覺。

從週一發了模擬考成績單，光是成績我就研究了快兩個小時，為我們的英文高興，也為總級分表現不佳著急。週二，聽到洪蘭對台大醫學系學生「尸位素餐」專欄文章的評論，內心五味雜陳。週三，知道一〇六和一〇八停課了，而我們班請假的、帶口罩的人也變多；然後跑教室又不順利，變數全掌握在別人手裡，（我那天快要罵髒話了！）然後到週四新雅、旭辰、若綺三人流暢、扎實、深入、時間抓得百分百精準的報導，讓我整個熱血了起來，到辦公室時逢人就講，High到放學還停不下來，在餐桌上講給群岳、群芳聽，晚上十一點了還在講述細節給我先生聽。

我High，是因為開心看到同學把人生當中一項必備的工具磨得很好，有助日後「闖蕩江湖」。這份能力學校從不納入評量，但卻是人生必備啊！日前小江、萍端的報告也有這樣的高品質。用心的態度，是高水準表現的第一步。謝謝妳們把我從慌亂的心情中拯救出來，讓我更堅定當個老師，還大有可為。週一的陰霾，因此一掃而空。

「做自己想做的事，還有人付你錢。」真是人生最快樂的事！我真高興我當了老師。

週三和唯綺模擬了有人邀「聯誼」時，How to say no？我整理了大學的幾項功課，你記得嗎？

第一，偶像的幻滅是成長的開始。大學第一個學會的功課是失望。學著從失望中及早重新找到努力的目標，別把這份失望當成自己停滯的藉口，讓周圍環境決定你的學習與收穫。

第二，做你自己，不要躲在群體的保護傘下，不敢一個人做自己真正想做的事。學著孤獨，學會掌握自己的計畫和作為。當你能一個人也過得很快樂，你會比較有能力把快樂帶給別人。

你知道嗎？這兩件事其實是同一件事：別把幸福的權利交到別人手上。把課業的學習交到教授手裡，說自己學不好是因為教授很爛。把課餘的時間交到男女朋友的手裡，讓他的有空與否決定你週末的精采程度。把聽演講、看表演交到朋友的手裡，有人陪你才去。生活若真如此，你就成了某種程度的殘障者，因為你沒有自己行動的能力。記得：「因為選擇，人成為天地間最偉大的靈魂。」選擇之後，就是執行。你的執行力，決定了選擇的成敗。

還剩七十五天。每天我看著你們，心中都有很大的捨不得。常小考卷子在手上，嘴裡卻想說：「不然我們今天輕鬆一點，不要考了！」但我知道這樣的作為是婦人之仁，會讓原先讀的書少了檢驗的機會。我一直告訴自己不要猶豫，要很篤定。我也要提醒你們，不論上回模擬考成績如何，那已經過去了，把握當下，連瑣碎的時間都要緊抓不放，用積極的做法才能開創未來。三〇六的同學們，有近三十萬的高中生和你一樣為了學測打拚，你絕對不會是單打獨鬥的那一個。三〇六有四十三個人一起努力，你周圍的同學和你一起努力，各科任老師和我，都跟你一起努力。一起上個好大學吧！

98年11月16日—11月22日　唯一不變，就是變

靜儀

大事之一、星期三職場報告——Amber、佳真、瑋韓。

大事之二、星期六國中朋友生日，大家聚在一起慶生:D

大事之三、最近H1N1漸漸在校園中蔓延，停課的班級數也漸漸增多，看來秋冬之際真是傳染病的高峰期，大家要多多注意自身健康！

＊本週記事

十一月二十三日星期六是國中一位很要好的朋友生日，中午和佳真（我們國中同班）還有幾個朋友一起到沙鹿共進午餐。感覺從畢業後已經好久沒聚在一起了！大家在一起吃飯、打鬧、聊以後要讀哪裡，感覺挺開心的。

仔細回想，發現時間真的過得很快，總覺得國中那些回憶還歷歷在目，而轉眼間我們已經高三了，只能說「漸」的力量真的很神奇。這同時也讓我想起國文課本中豐子愷的文章——〈漸〉，其實這篇文章讓人體會不少！大致上感覺沒什麼不同，但其實每件事物都正在一點一滴改變。

難怪有句話說：「世界上唯一不變的，就是變。」但我想我們之間的友誼一定也會變得越來越深的！

To靜儀：「漸」在持久聯繫下會看到「變」的模樣，這是很巧妙的過程！得一定的時間才看得到……

98年11月16日—11月22日　爸爸的英文作文哲學

唯綺

嗯……這個禮拜過得平平凡凡，沒什麼特別的事，呃……要說有的話，也勉勉強強有一個啦！（所以，還是有嘛！幹嘛說得那麼複雜！）那就是——十一月二十八日我們的箏樂社要來學校演奏（好像是為了家長會會長交接典禮）然後，我們的學妹需要我們的救援，唉——真是有一點點麻煩，而最後，我還是點頭答應了，誰叫我們二部沒人練（嗚……可憐的二部）哈！感覺有點像在寫流水帳……欸……要不然這樣好了，寫一段很久以前的某天，和爸爸的對話XD

時間：高二上開學複習考那天，回家的路上。

事件：英文考作文，我沒寫半句。

我：「欸……爸爸，我們今天英文考作文。」

父：「哈！這樣你不就寫sorry! very sorry!我不知道要寫什麼！哈！」

我：「某啦！更糟！我沒寫……」

父：「啊題目是啥？」

我：「和颱風造成的傷害有關。」

父：「沒關係啦！我們家颱風來時，本來就沒事啊！寫不出來是很正常啦！」

我：「嗯……不過這樣不好。」

父：「嗯……」

沉默……

我：「到時學測該怎麼辦才好？」

父：「你會寫單字嗎？」

我：「會啊！」

父：「你會寫句子嗎？」

我：「會啊！不過寫得不是很好！」

父：「啊你就把很多句子放在一起，不就是一篇作文了嗎？」

我：「你以為有這麼簡單啊！（不悅）還需要注意時態、連接詞……之類的耶！……唔……有道理！」

父：「蛤？」

我：「沒有啦！只是突然覺得你說的很有道理，把句子寫好，再加連接詞，然後檢查時態，好像也沒有那麼困難？」

父：「嘿啊！考不好沒關係啦！反正你的英文作文有寫或沒寫，分數也不會差太多啦！你英文這麼爛……」

我：「喂！我是你女兒欸！不過，還是會擔心學測的英文作文。」

父：「不用擔心啦！你們老師一定會教的啦！」

我：「喔！」

記憶中，過程好像是這樣的，自從那天後，比較沒有那麼害怕英文作文了，寬心了不少，覺得我爸還滿有智慧的，雖然他英文也很不好，卻能說出這一番話來。其實，說句實話，到現在我還是認為那天的我好像是瘋了，看到那題英文作文時，我好像是試著寫了一兩句，嗯……感覺好像是直接放棄，之後，擦掉，不想去理它。

哇——恐怖！恐怖！我怎麼會有這種想法！不過還好，我及時悔悟！如果到現在我還是用這種態度的話，不只是英文，我想我其他科也一定會死得很慘；而且，我記得那天，我是想要被責罵，因為我覺得我做了一件很不應該的事——放棄；結果，反而沒被罵，還被安慰，讓我的愧疚感更深了。

其實，我後來覺得，有些事情都是杞人憂天，有時退後一點，才不會被局限住；或者，回到原點，挺起胸膛，再次出發。有時面對這麼多考試、複習評量，真的會感到彈性疲乏，這時，我就會退回原點，重新拾起當初的感動（例如：台北、好學校……）嗯嗯！就寫到這裡！下次再見！

98年11月23日—11月29日　學設計？還是做業務？

元鈞

就要選填學校推薦志願了！學校推薦上的科系不能轉系，壓力好大。最近在找除了設計之外其他有興趣的科系，台藝大這個目標有點沉重……

最近提到大學選系時，爸爸對我說：「你要確定你花四年學的東西是有用的，否則就別浪費那四年的錢了！」他也說我可以找找在設計領域有沒有什麼成功的人才；若是有自己欣賞的人物就可以努力朝著目標邁進，沒有的話也可以跟著他做業務。雖然爸爸還是說最推薦我做「只要夠努力，就有機會錢途無量」的業務，但已經不像之前那樣堅持著非要我當業務員不可，而我也已經能夠有自己的選擇了；但爸爸或許還是希望以報酬為優先考量吧！

另一項聽起來也很可行的是半工半讀，能夠在其他人之前有工作經驗，說不定職場上也是一項很好的優勢。在這麼多條路中選出一條，走起來真讓人膽顫心驚……現在還必須做出到底要不要考術科的抉擇，如果有美術老師願意指導，可能就要放手一搏了！

I am so capricious that no one can tolerate me…

目前還是很擔心面試和術科，會報考術科的人一定是有備而來的吧！

To元鈞：你好像還是心思飄搖，放不下所愛，又不能不顧「金主」的意見，然後自己夾在當中……

98年11月23日—11月29日　我要念經濟了　理偵

呼呼，我要念「經濟」了！即使會計、統計都是必修，我就這麼不怕死的要去念經濟了。來吧！來吧！數學我們快點來相親相愛吧！

寒假要去淡水參加志工營，會認識很多大學生和高中生，very good. 如果學測上了，要很奢侈的在書局泡一整天！《大江大海》、《天下教育特刊》出來了，有五月天喲！劉墉的兒子——劉軒，每次書局封面總是抓緊我的視線。《爸爸，我們去哪裡？》聽說很感人，《飢餓遊戲》、《夜之屋》試讀本都好讓人心動。

時光消逝，改變了我的想法，我希望學測就能上大學，然後去紐西蘭短期打工；如果真的考得不是很好，轉學考又何嘗不是另一種選擇；讀自己所愛的會更有動力！而且經濟大部分都是原文書，可以趁機磨練自己。

六十天了，校推了，人生又是另外一種滋味，就算走到了最低點，總會有人願意相信你可以的！走了越久，真的才知道那些在心底的才是真的溫暖。我給自己打打氣！

To 理偵：這是你在三〇六最大的福氣！To know who you are is your real friend. I hope you are also someone`s real friend. After all, friendship should be mature! You can be his/her power, too.

好文分享5　大學生這樣，該怪誰？

朱學恆

二〇〇九年十一月十日《聯合報》的頭版新聞內容是這樣的：「學生也要敬業！」中央大學認知神經科學研究所所長洪蘭，最近參與評鑑台大醫學院，發現學生上課姍姍來遲，還在課堂上吃泡麵、啃雞腿、打開電腦看連續劇、趴在桌上睡大覺，「這樣的上課態度，我們拿什麼去和別人競爭？」

說老實話，這樣的狀況在大學中並不少見。要說這些學生沒禮貌或是不懂得職場倫理都可以，但背後的原因沒有這麼單純。因為不到兩個月前，二〇〇九年九月十四日台大開學典禮時，《聯合報》的新聞是這樣寫的：「李嗣涔是病後首度公開談話，他指出，台大這幾年有一種不良的風氣，就是早上第一節來上課的同學很少，因為同學晚上熬夜上網，早上爬不起來。他期許大一新鮮人『早睡早起』，記取『一日之計在於晨』明訓，但台下學生還是抵不住瞌睡蟲，睡成一片。」

當然，同一則新聞有台大的學生說是因為前一堂課下課太晚，來不及吃飯，所以只好買便當在課堂上吃。但我在企業中演講用的還是中午休息時間，工程師們都必須提早吃完飯再來參加，在聽眾中也不會看到有人帶便當進來吃啊！

光去指責非真正答案。

這狀況絕對不是只發生在台大。如果你要用單純的這些年輕人就是爛草莓、承擔不了壓力、新世代就是這麼軟腳等等的理由去指責他們，是很簡單的方法，但並不是真正的答案。

真正的原因很簡單，在大部分的狀況下，這些大學生來讀大學並不是為了自己。

我一年的演講次數大概有七、八十場，聽眾約莫二萬至三萬人，從高中生到上班族都有。高中生聽完一場生涯規畫的演講之後，多半最大的問題就是「為什麼？」為什麼我一定要讀大學，為什麼我在高中的時候要過得這麼不快樂？為什麼。而大部分的教育體系能夠給他們的答案是，你去做就對了，等你考上大學之後就知道了。

而大學生在聽完一場生涯規畫的演講之後，他們的問題是「沒有問題」。因為高中沒日沒夜的努力，他們已經累了，之前所有人都告訴他們上了大學就會得到答案，而他們已經上了大學，應該已經知道，但實際上他們還是不知道。但應該知道卻不知道是很丟人的事情，所以他們不敢問。而且就算問了又怎麼樣，畢業之後還不是只能拿二萬二千元？

不知為何而戰的迷思。

而且現在大學已經不是一個生涯的終點了，每位大學生都擠破頭想要去考研究所，所以他們都從大三就開始補習，補一整年的工數、電子學、微積分，感覺好像又回到了高中時代。但就算你考上了研究所，畢業之後的碩士起薪，現在是二萬五千元。這些大學生犧牲了大三、大四兩年可以玩樂的時間，又花了兩年的時間讀研究所，最後薪水增加三千元。平均努力讀書一年增加底薪七百五十元。如果社會的大環境是這樣，又從來沒有人認真告訴過你為什麼要讀大學，誰能夠擠出熱情來讀那些根本不明白為什麼要讀的課程，上那些根本不明白為什麼要上的課？

如果我們的教育體系和整個社會，從來沒有認真的給「為什麼要上大學」一個答案，那這些不知道自己為誰而戰，為何而戰的年輕人們，又怎麼能夠不睡成一片，吃成一片？因為他們寧願自己在別的地方啊！

如果我們從未認真的給「為什麼要上大學」一個答案，光去指責新世代是爛草莓，承擔不了壓力是不公平的；他們不知為何而戰，又怎麼能夠不睡成一片，吃成一片？

98年12月7日—12月13日 代溝

良靜

我想問問老師對「長榮大學」的了解是好或不好，因為我上網，發現好壞評價似乎落差很大，而我爸爸又對翻譯學系「印象很好」；可是簡章上的標準是總級分底標，姊姊認為我要想清楚，跟爸爸有認知上的不同；最後我還是填第一順位，可是其實感覺很terrible，似乎我做的事父母親都不太支持。像是禮拜五，姊姊參加弘光的國樂社成果發表就差點去不成，他們覺得九點才結束太晚了，我爸甚至認為現在的大學生只是脫離家，在外面是享受，不是磨鍊！我很難過，因為不管怎麼表達想法，他們都有「大道理」，我很疲於應付了。

其實國中時期就很想上北藝大或南藝大設計學系或東海美術系，所以高一才會參加美術社。我一直都熱愛藝術，尤其是繪畫和電影工業（終於肯承認）；但同樣的問題，所以我選擇了可能會離所愛較相近的外文系，至少文學還是我較喜歡的範圍。我記得有次我在看設計類節目時，我爸爸對著我說：「無聊！」有種重重打擊到心坎裡還有回音的FU——他明明就要我照著他的路走，還硬要我們認同……（不想造成家庭革命又覺得委屈的良靜——）

To良靜：當長輩的想法和你不同，你又無從替自己爭取時，（我也曾經歷過）你要把想做的事放在心裡，慢慢累積實力，等待時機成熟，千萬別放棄！You will have your day. Once you give up, you will regret your weakness in the future！

還有，有時候，「陽奉陰違」也是個不積極、但衝突較少的方式！我都用這招！

98年12月7日—12月13日　三位真英雄

靜儀

呼——這禮拜的生活真是多采多姿，活動也特別多，明明只過了一個星期，卻讓人感覺已經過了一個月。本以為志願選填的第二梯次可能會被搶光，沒想到中了東吳英文，真是鬆了一口氣，感覺離夢想更進一步了，我不會輕易放棄這個機會的！

星期三，是活動最多的一天，上完體育課回到教室，Sandra的小卡片給了我們一個Sursprise，剛開始我還以為誰的東西忘在我桌上XD。Thank you, Sandra! 也謝謝送給大家吊飾的家長！

下午到禮堂聽朱學恆的演講，一看到大銀幕&音響，心中不禁Wow地讚嘆了一下，設備真是好到了極點，演講更是精采！雖然大部分的影片Sandra以前給我們看過了，但透過大銀幕還是很震撼、很感動。聽完演講令人全身充滿力量，就像朱學恆說的一樣，Just do it! 不要小看自己，不要認為自己做不到，每個人都有無限大的潛力！不過因為聽演講耽誤到了打疫苗的時間，在活動中心等我們的同學被罵了，真是對不起！

晚上，禮堂有林義傑的演講，這場演講也讓人收穫了不少，在講者所敘述的小故事中，讓人體會到困難即使再大，只要堅持就可以突破困難，繼續往自己的目標、理想邁進！話說林義傑真不愧是馬拉松選手，我跟佳真才正想去要簽名時，講者早就已經消失了。

兩場演講都沒要到簽名，唉！

星期六運動會，芳瑜真是女英雄，即使身體不適，仍盡自己最大的力量參與比賽。雖然早上看到她跑完八百公尺痛苦的樣子，很不捨也很想勸她下午的異程接力不要跑了，但我知道換作是我，我也硬要跑，於是只好勸她多休息、給她加油！雖然最後結果芳瑜本身不是很滿意，但她真的很棒，永遠是我們心中的No.1！

下午的異程接力好精采，大家為了班級都盡力地不停向前衝，我們還超過了一圈多噢！三〇六好棒！看到大家在跑道上奔馳的樣子，我都腳癢了，今年腳傷錯過了班級大隊接力，明年是最後一次，希望能和大家一起努力！

By the way，九班的異程接力超刺激，他們花不到六分鐘的時間就跑完了，真不愧他們平時都一直在練習——

To靜儀：這週很High，也曾一度很Down！我快消化不良——要堅強！

98年12月7日—12月13日 畢冊製作

元鈞

大事之一、十二月十一日運動會，三〇六榮獲高女田徑總錦標第二名！

大事之二、異程接力的選手們辛苦了！芳瑜女子八百公尺也得到第二名，真是恭喜她！但也是拚了命在跑呢囧，我們的艱辛接力過程是漸入佳境↓遙遙領先。

＊本週記事

這個禮拜可說是輕鬆愉快呢！只是因為畢冊製作的教學讓我和立綺、俐蓉錯過了一場精采的演講，但晚上親眼看到林義傑，還握到他的手，也算補償到了XD。但最可惜的就是沒要到簽名……虧我難得衝第一耶……

國三那年原本也要參與畢冊製作，但在某次無法出席製作後，隔天其他同學就帶著完成的作品出現了，速度之驚人啊！希望這次能製作出大家都滿意的三〇六專屬畢冊！（非常糟糕的是，這次又是差不多的結果……最後我只做了標題，太對不起立綺和俐蓉了，是我太不主動了，對不起……）

之前因為放棄術科考試，這次報名推甄的是北教大藝設系設計組，個人申請還想嘗試台藝大的圖文傳播、台科大的商設和雲科大的視傳系；但目前最重要的還是把學測成績提升到最好啊！

Fighting！

To元鈞：把學測考高就是把選擇權拿到手！看得出來你很喜歡設計，儘管爸爸不表贊同。那就看穩自己的目標，努力向前吧！

98年12月7日—12月13日　宅神駕到

新雅

大事之一、台灣之光——王建民，洋基不予續約，成了自由球員。

大事之二、第四次江陳會將在台中舉行。

大事之三、運動會，三年級也是相當熱衷的呀！很少有人沒參加活動也可以來個小沙啞的！（就是我！）三年級的實力不容小覷，男、女異程接力都精彩。

＊本週記事

我敢發誓這個禮拜是三年級以來最完美、最精采的一週。十二月九日，多麼棒的一個禮拜三。我對宅神其實一無所知，直到最近看到「豬血糕」的新聞才知道這個人，從學校刊物中才知道原來他是魔戒的翻譯者，三〇六黑板上在第二次段考時程表的旁邊寫著〔十二月九日、宅神is coming!〕，心中就這樣慢慢的累積期待。

走進禮堂時，看到醒目的設備，一旁站著的阿宅反抗軍，主角終於出現了。整整兩個小時毫無冷場，是我在高中聽的最入神也最認真的一場演講，即使影片只有兩個沒有看過，但就像Sandra說的，每看一次都還是一種力量，每段影片都還是衝進我的腦袋瓜，大力翻攪著我的情緒，尤其是Matt和Rick的影片。回家後我又在youtube看了數次，再把演講內容講給姐姐聽。那天從禮堂走出來，真的是從內到外的輕鬆，飽飽的充了一場電，走起路來，閃閃發光還有風。那天夜深人靜的夜晚，我又好好想了一次自己的現在和未來。

我真的很幸運可以聽到這場演講，但是我總覺得三年級無法全部出席是件很可惜的事。我想以我們現在的校內推薦情況，一定很適合這演講。也希望二年級的學弟妹可以儘早的思考自己的現在未來，那麼這場演講才是真正的有意義。

To新雅：我相信會的！光靠一場演講很難造就奇蹟，但演講的力量累積成逐日向上的動力，最後，就成了奇蹟。

有時，事情的開始就是「參與」而已。By Kevin Lin。

98年12月21日—12月27日　築夢の手紙屋

妍君

大事之一、十二月二十一日（一）、十二月二十二日（二）高三複習考——難！！

大事之二、十二月二十三日（三）三〇六教室聖誕佈置——哇！好漂亮喔！感覺煥然一新！

大事之三、十二月二十三日（三）第六、七節中興大學會計學系教授——商管學系介紹

大事之四、十二月二十五日（五）Merry Christmas!

＊本週記事

又結束了一次模擬考，也是學測前的最後一次模擬考，距離上次模擬考的時間隔得較長，但考完後，發現自己怎麼好像沒有進步，反而錯誤題數增加，難道我讀的都沒有吸收進去嗎？但我現在選擇不要去在意這些考試的成績了，就只當作是一次作題目的過程好了。我依舊要繼續走自己的路，把每一步踩穩，我不要用跳的，也不想不情不願地走下去。

最近，一個外校朋友推薦我看了一本書，書名為《築夢の手紙屋》，故事中的主角是個高二的學生煩惱是否繼續升學，因為她不懂讀書的意義，也不確定自己的人生方向。之後，經由哥哥介紹，展開了和「手紙屋」的書信往來，透過十封信，她漸漸釐清了自己的想法和志向，也真正了解「讀書」的意義。這本書也啟發了我很多，「手紙屋」以不同的角度與觀點來說明讀書的意義，

原來讀書不只是能獲得課本上的知識，能幫助升學，還有一個很特別的解釋——「念書是一種工具」，它不只是「磨鍊自己」，也是「幫助別人」的工具。看了這本書後，真的讓我全身充滿了力量，突然突然變得就像書中主角一樣，好想好想讀書，我真想把所有的知識都收進腦袋裡。

現在，我要比以前更努力，因為讀書不是為了考試，而是要增加自己存在的價值，我希望能成為一個有意義、有價值的人，努力充實自我。

To 妍君：我喜歡這一篇，很有充電的感覺呢！

98年12月28日—1月3日 追分成功，為啥而讀？

欣澔

今天收到了國中死黨送來的祝福，一張追分成功的車票，當時的我好感動喔！假日一起在圖書館時，他都沒有提起這件事，還託別人拿給我，他其實一點都不像我們之前分開時那樣。

同一天，也在圖書館遇到了國中時欣賞的一個女孩，她都沒有變耶！我有點驚訝，三年都沒有真正見過面，我沒有勇氣再跟她說話了。我真是膽小，而她只是微微笑；回想起那時的生活，還真有趣。

模擬考，又是如此，考完之後又是極不滿意，我總是不能把它考好。這時我納悶了，我到底為啥而讀？這個問號暫時不能被解決，但我希望，在某一天我會找到令我滿意、令我信服的答案，雖然做任何事，不應該只求收穫。

Sandra週記分享35　給歷屆畢業生的信

嗨，清中曾被Sandra教過的你，

你應該沒有預期到會接到我的來信，因為連我也沒想到要大費周張寄出這麼多封信。上回是二〇〇四年四百封。如今轉眼已過五年，我還沒統計要多少這回要寄出幾封呢！管它的！這種事想太多就不會動手了，我還是順著衝動行事吧！

會想寫信是因為兩個月前采竹回來，她是二〇〇四年畢業，佩儀老師的三〇六班的英文小老師，為我服務了兩年，我卻完全認不出她來！另一個是阿草王圍穩，二〇〇三年畢業，國鐘老師三〇三的天兵。讀完中興水保研究所，回來拿軍訓課的時數證明好入伍服役，我一眼就叫出他的名字，留他和我聊了快一節課。但真正想寫信的原因是我教書碰到挫折。正好有這兩個人回校，勾起我很多回憶。翻著書櫃，找到那年寫信給歷屆畢業生後陸續收到的回信。我按畢業年份將它們分成一疊一疊，讀著讀著，力量好像一點一點回流到心裡面，漸漸地找到再出發的力量。很奇妙，當我教你們的時候，我熱情地和你們分享我的生活歷練。人生嘛！要經過的關卡常是大同小異，考試、戀愛、就業等一連串的選擇。我總認為，如果你聽過我如何過這些關卡，等你以後走到這一關時，你可能會想起以前Sandra有說過相關的事，也許你因此可以閃避掉我曾吃的虧、犯的錯，或更令人開心的，做一個比我高明許多的決定，那我曾說過的林林總總，就值得了！

四年前教一〇七時，我寫了歷居畢業生信函，過往的學生溫暖地回應了我。我整理了心裏的感動，發現原來我是一扇窗，我教學生時，希望他們透過我看到更多風景；等學生畢了業回來找我，他們分享著他們的點滴時，我這才發現他們成了我的窗，讓我透過他們看到更多生活的面相。於是，三〇七時，我請孟慧幫我建置了部落格，就叫山佐的窗：http://blog.yam.com/sandra1384。利用這個部落格，我可以更自由地和大家連絡。三〇七畢業典禮那天，我和學生共同完成的書《繁星三〇七》順利出版，記錄我和這個班的生活點滴。二〇〇九年六月，我整理了歷年的教書心得，出了第二本：《山佐的帶班手記》。當中有一個單元，「萬語千言—畢業期許與祝福」，收錄了給歷居畢業生的書信。兩本書你都可以在博客來網路書局找到。別誤會！我不是來推銷書的。只因為這是我近幾年比較重大的事，跟你分享。

照道理來說，教書的年資越久，學生越多，窗口應該會變更大。但實質上，老師是個挫折不斷的行業。我們常在舔自己傷口的同時，教自己要變得堅強而麻痺，還常說服自己，其實我們不是那麼有力可以改變世界，做到可以交代得過就好。於是越來越收回熱情，變得越來越安分保守。這樣的心態讓老師比較不會受傷，也減低心情的起起伏伏。換句話說，穩定多了！只是，這樣的窗口是沒什麼風景的，充其量只是通風而已。去年我也教書教得很受傷，傷到要變成只能通風的窗。世代的改變如此之快，師生關係漸漸不如從前活絡與溫暖。我想，我執著的個性是我最大的傷，也是我最不願妥協的自傲。如果單純做一個知識的傳遞者，少花點心力經營班級、做分數從不評量的「教育」，我的工作輕鬆如意，但我想這不是我當個老師所能發揮的價值，比較像是當老師的價格。在價值與價格之間，就是我的態度，我選擇的生涯意義。面對金融風暴、失業率攀升、許多大學生選擇延畢、讀教育大學出來找不到教職、產業外移等等，諸多我們小老百姓根本解決不了的問題，如果我們對生活、對自己沒有足夠的自信，找到可以發揮的舞台，日子可能充滿著無奈與怨懟，可是未來的日子還很長啊！（你們比我更長！）我想問你，你畢業多久了？你有多久沒見過我？這些年，你經歷了什麼事？你喜歡現在的日子嗎？你對未來有什麼期待？你知道嗎，距離可以成就某種程度的客觀。你已不在我的課堂上，少點顧忌，我們是否可以用朋友的平等，透過彼此，看到一點不一樣的風景？

這是二〇〇九年Sandra給歷屆畢業生的信。問候你！

一九九四年東南三丙

提到我的教書生涯，三丙永遠是我最青春美好的歲月。因為是在東南，因為曾經擁有三丙，我才認真考慮把教書當成終身的志業。你們讓我感受到，能影響年輕的生命是我莫大的榮幸。家慧的婚禮是我第一個以老師身份出席的婚禮。她現有兩女，回東南教書了。你們國二的理化老師，家慧的爸爸蘇文俊老師，明年寒假將以大村國中校長身份退休。他是我見過「永遠以學生利益為最大堅持」的教育先鋒。我希望自己能有他一半的能耐，助我行走江湖。阿雅和敏齡在台北，我去參加Miss婚禮時就和她們坐在一起。程瓊瑤還在武崙國小嗎？思戎去英國讀完書後，現在有什麼發展呢？育琳結婚生子，現在在員林頭國小教書。現在也會寫信給她的學生，作風和我很像。心儀結婚了，和夫婿定居台南。芳琪，你呢？還有許多失聯人士呢？

一九九八年年金山高中

你是我最穩定聯絡的畢業生，也是一向帶給我最多風景的班。我一定是前世燒了好香，才有你們這些「不離不棄」的學生。（成語好像用得怪怪的！）拜初二聚會之賜，眾多畢業生中我和你們的聯繫最穩定。我整理了簽到單，請自行算你的出席率，明年我們來頒全勤獎。

二〇〇三、肯德雞炸雞店。二〇〇四、異人館。

二〇〇五、朋廚二樓下午茶。二〇〇六、拖拉古小包廂。

二〇〇七、紅都牛排館、續攤保齡球館。二〇〇八、牛排館（二月七日）、鐵路餐廳（二月八日）。

二〇〇八、阿秋訂婚（天籟）。二〇〇九、山海風情、阿秋結婚（板橋）。

你全勤了嗎？

二〇〇〇年四十九屆三〇九

近年沒什麼三〇九的消息。致汎好像移廠到大陸，文翔還在工作、集資去周遊列國嗎？我最常獲知的還是上婷的訊息，因為我偶爾會上她部落格逛逛。我也在中港路的台糖量販店遇見王浚濠。

他就住附近。事業女友穩定，也許已經成家了。其他人都沒了訊息。你們都應該在就業了！我很好奇你們從事哪些行業？喜不喜歡自己的工作？還是蘊釀著更好的選擇？回想我對教書，也只拿它當墊檔的職業。不過我是個好強的人，從一開始就使盡渾身解數，想證明自己可以做得好。後來留在這一行，令我自傲的是，我一直用不一樣的教法教書，連班級經營也是。我現在都用多媒體教學，還用youtube當補充教材，這是以前的班級從沒經歷過的。不過三〇九的英文聽講，尤其是上課煮火鍋和講鬼故事的課，是其他班從未有過的經驗。你們入社會很久了，不知道你們是不是還保有當年年輕的氣息？

二〇〇二年五十一屆三〇一、、三〇四

上回寄信給你們，你們還在唸大三；收到這次的信，你們應該已經走入不同的風景。三〇一的尹千上學期回來實習，現在是英伶。看到學生叫自己當年的學生老師，我就萌生「長老意識」。我不定期會收到鋅雅和雅雯的email，鋅雅寄照片來，而雅雯在研究台灣黑熊，有時得在深山過生活，這樣的經驗不是一般人能想像。美莉仍常和裴蕙大師一起讀書。慧君結婚了。她和雅筑、安妮及佩貞回來看過我。以前還會在後門附近遇見過丘蕙幾次，現在已經很多年沒見過她了。玉文是三〇四的同學裡最常和我見面的，因為她就住我家這一排，其他的都沒聯繫了。秀幸老師退休後去了美國幾年，現在又回到清水。每週四和明莉、裴蕙老師一起玩音樂，生活倒也不失自在的樂趣。三〇一、三〇四，你們應該是大學畢業三年，對嗎？喜歡自己現在的生活嗎？

二〇〇三年五十二屆三〇三

你們大學畢業兩年，要不就當完兵，或唸完研究所的，像阿草，正要去當兵了吧？聽說你們差不多每半年到一年開一次同學會，真是難得。下回也通知我吧？你們一定有不少故事講給我聽。記得書漢說想出國讀書，不知圓夢了沒？上回的回信裡，佩聖和浩呆都問起我腫瘤的事，我控制得很好，定期服藥至今，腫大的部份還沒完全纖維化，換句話說，我就是繼續吃藥就是了！醫生說：「腦內如過要長點什麼，長這個最好，因為最好控制。」這個答案真令我啼笑皆非！不過張忠謀有一篇文章叫「常想一二」，講的就是哲學。人生的缺陷像一根芒刺在背，時時提醒我們珍惜人生中美好的部份。我的腦下垂體腫大，讓我格外留意身體健康。我知道只要我保住身體健康，那腫大的部份就會受到控制。所以啊！我已完成日月潭泳渡，二度登上玉山，而且可以一口氣跑二十圈操場（不過半年沒跑了！）現在的體能還算不錯，雖然年過四十，身體的老化使我不如當年教你們時候的意氣風發。唉，能和我打排球的學生更是少之又少。像三〇三運動樣樣行的班級，已經找不到了。

二〇〇四年五十三屆三〇二、三〇六

你們大學畢業一年了，對不對？三〇六的子儀有唸研究所嗎？佳吟寫過信給我，說她現在和我有著同樣的心靈平安——主耶穌！願神祝福妳。自三〇六之後，我開始漸漸養成「堅強」的個性，面對「自然組A段」的班級。三〇六充其量還只是悶騷，「文火慢燉」是當時我對你們的感覺。到

二〇〇九年五十八屆的三一四班，一樣是佩儀老師帶的自然組A段，當我在講「人生課題」時，同學的反應更加「文弱」。也許對自然組的班級，得要跳脫了升學的限制，師生關係才活絡得起來；或是，溫而淡是自然組習慣的人際關係也說不一定。你們記得我畢業給你們的信裡的三項期許嗎？過了五年多，回過頭來檢視自己，你對自己滿不滿意？三〇二的顯少回來。陳煜彬剛開始跑得很勤，這兩三年已很少見到他。我有一回去吃火鍋時還巧遇卓汶叡。信榮也曾回來過。很少有你們的消息，只盼你們一切都好。

二〇〇七年五十六屆三〇七、三〇八

我對三〇七最念念不忘，卻也最提醒自己要最「放」得掉三〇七。你們大三，正是最有時間和能力圓夢的時期。圓什麼夢呢？翻開繁星三〇七，你應該就回想起來了吧！翻到大學事件簿，拿枝筆劃掉已完成的夢想，你是不是更要珍惜接下來的兩年呢？還能出國打工或交換留學生的時間不多，你還來得及嗎？你們是我所有學生中第一個做「時空膠囊」的班級。在高中的三年裡，最忙最多采的班級也是三〇七。我也是從三〇七開始大大改變我的教學方法，用Youtube的影片上introduction，從課文開始上、再進入單字教學。你們看的影片最多，我對你們態度、高度、以及日後的期許也最大。你們畢業之後，我一直壓抑自己想聯繫你們、或影響你們的念頭，因為希望你們是用自己的體會、期望去經營你的大學生活，而不是我像媽媽不放心的叮囑。偶爾，我也只能在部落格上找找人。師丈總是說，你們正值精采的年紀，不能冀望著學生還把過往的緊密聯繫擺在心裡。我只想提醒你們，珍惜所剩不多的大學時光，好好培植自己的實力和勇氣。這是個富裕的年代，卻也是最不確定的年代，金融海嘯、全球暖化、高失業率、二〇一二等等。但難關難不倒有實力的人。When being good is not enough, try to be the best in your field. Do the things you want to devote your life to. Cherish every moment of your life. Keep your value, instead of your price, in mind. 提一下三一四的Frank（徐上軒），他完成的可多哩！上他部落格看就知道。

三〇八的同學，我從沒寫什麼信或通訊給你們，畢業後我們也少有聯絡，這是第一回吧！我得知顯瑞出國念書。我仍和你們導師搭配帶班，現在他又教我們班數學。我還是難忘檢討歷屆指考題時，你們班趴倒將近三分之一的慘烈，教我常常懷疑自己的存在。但和現在的自然組班相比，你們班算得上是功力很優的了。現在自然組的班級一班多達四十四到四十六位同學，所以當年帶三〇八算得上是輕鬆愜意了！你們都還好嗎？

二〇〇九年五十八屆三一三、三一四

這也是第一回寫信給你們，其實我考慮了很久，因為我內心的「怨氣」一直沒有完全散去。帶你們的高三下，算得上是我教書十八年以來最沒成就感的半年，尤其跟三一三在母親節前夕的發生的不愉快。三一四也差不多，到指考前大概只剩思嘉、家誼、琇芸和宜潔聽我講「人生課題」，還持續給我加油打氣。唉！不過一切都過去了。少了分數，我們之間就少了壓力。清中十二月十一日時校運會，允中、恆慶、宜潔、垣榮、冼浩、家德和柯俊言才回來，我就感到這種分數拿掉後的輕鬆。教到你們這一屆，我心裡開始為未來預備：我可能不能如往常把師生間的「情份」看得太重。學校之外的世界越來越充滿聲色精采，師生關係在學生生活裡的比例逐漸縮水，連教學也是。我第一屆學生的英文能力如何，大多取決於我的授課，班級佔了我生活最大比例。但是現在去一中街補習的風氣日勝，網路當道，連教室都有電視、電腦，可以快速沖淡老師上課時候罵人或訓勉的嚴肅，我了解老師對學生的影響一直在消褪。從你們開始，我重新檢視自己到底能再帶給學生什麼，以及用什麼方式才能將訊息帶到學生心裡。我還沒找到答案，也許你們可以提供給我一些。大一生活正新鮮，別忘了你日後也要出社會，新鮮之餘，別忘了找到自己的定位。

二〇一〇年五十九應屆三〇二一、三〇六

你們是還在努力的班級。我對你們尚有很大的責任，所以我不多說，只求多做。上面歷屆的學長姐就是你日後可能的寫照。我們先將所想所望放在「時空膠囊」裡，日後再來拆封吧！

這是我憑著一股衝動寫給你的問候。今年是我教書第十九個年度，是個該靜下來、好好整理過往的年份。是你們填滿了我這十九年的歲月，我將從中反省、領悟，找到繼續前進的力量。但願你我的交會，曾一度豐富了彼此的生活。若你要聯繫我，你可以寫信寄到清中給我，更歡迎到我部落格上，在這封信下方留言給我，如果我的歷屆學生因此而串聯，一定非常有趣。

深深祝福你！Merry Christmas & Happy New Year!

Sandra週記分享36　寒輔信函

三〇六的孩子，

不知道這幾天你的讀書狀況如何？這兩天天氣冷，你得把自己照顧好才是。萬一真有不舒服的狀況，就要立刻看醫生，不要把體力浪費在病毒上。

每天，我都給來寒輔的二十位同學小一篇英文小短文，寫一篇題目，週五又寫了一份模擬考題。我把近幾天我們練習的一些題目寄給你，供你練習。如果需要我幫忙，記得我都在學校。同學靜靜在教室讀書的感覺很不錯，專注而沉穩，照著自己的步調在讀書。有時我會講解一些寫作上的通病，有時就是解題。我還滿喜歡這樣的感覺。你雖然沒有和我們在一起，但我相信你會好好把握時間的。我們三〇六要好好為將來加油！

週四來了十位三一四的學長，其中一個是全校排名前一%，學測考七十級分，以繁星計劃考上陽明大學放射科。他一看到我，就跟我說他二十一學分當了十一學分，因為他天天都在玩。我知道他還處在迷失的過程，學會管理自己的過程。我跟同學分享他這個個案，也希望這樣的例子給你一點借鏡。

其實當時簽家長同意書，我也擔心家長會不會誤會我們，為什麼在緊要關頭卻突然對學生鬆綁？儘管如此，我還是簽了！因為我不想營造一個人人都有來學校自習，就代表人人都在用功讀書的假象。上了大學，可能室友天天玩，但你得知道你該做什麼。掌握自己是一個重要的能力，而且在緊要關頭時最顯得出這份能力。我希望三〇六是漸漸成熟的，至少和你國三那年相比，你讀書的動力是來自對自己的期許，而不是師長的要求。所以我讓同學自己決定要怎麼做，這是訓練，也是信任。如果你做得好，表示你進步了；萬一做不好，你還有指考，你也更知道怎樣調整自己來準備指考。所以不論在家或來校，我希望你是個成熟、積極的高三生，用盡全力過這一關。

祝福你！你知道我一向和你們在一起！

p.s.記得不要熬夜。在靜宜考試的同學週四要去看考場。週四把文具用品檢查一遍。週五早餐別喝糖份太高的飲料。中午花太多時間外出午餐，最好有人幫你準備。

在考場看到我，跟我握手或用力抱一下，我會給你加持喔！

感謝三一四的學長用他自己給我們上了一課。祝你早日重振雄風！

未完待續

故事在這裡戛然而止，但三〇六才正要進入白熱化的戰鬥。接下來的生活是一連串的挺進，更多書本和考試，更多權衡和抉擇、更多迷茫和不確定。學生像在霧茫茫、能見度極差的早晨裡，循著馬路上的中線向前行駛。他們看過歷屆學長姐開過這條路許多次，都知道這條路線會走向哪裡，但這回握方向盤的是他們，我是坐在後方提醒的陪同人員，雖然有過多次報路指引的經驗，駕駛仍戰戰兢兢，深怕錯過任何一個重要的路口。我們必須互相信任，才能一起平安到達目的地。

我料想得到那接踵而來的學測、級分公佈的震撼、選擇申請校系、南征北討地面試、更多模擬考、失敗的面試、落選的失望、孤獨的堅持……這些後續的故事（對我們而言是進行式），我都將它先保留在學生各自的週記裡。這是個不得已的取捨，因為我們有更急需全神貫注的目標。高中三年是一段旅程，而走完這段路程目，我們又將邁入另一段更精彩的旅程。腳步，只有暫時停歇，從不曾長久停駐，不管我們是不是畢了業。

我們的故事，未完待續。

來自各方的祝福

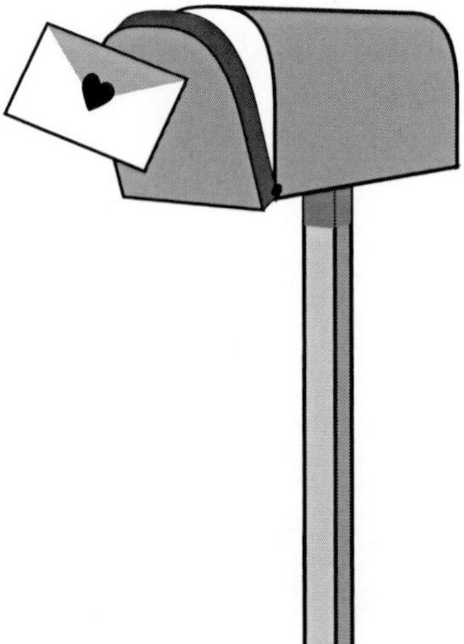

老師的話

非常開心能成為二〇六的班級實習老師，我對你們的第一印象是「挖，好安靜的班級喔！」還記九七年炎夏的九月，初踏入二〇六時的情景，Sandra帶領大家藉著時空膠囊，分享著彼此的暑期精采的生活點滴；接著是外掃區的驅蛆記、啦啦舞的練習、比賽、慶功宴、班級讀書報告、聖誕花圈製作、鰲峰山地景藝術之旅、同樂會、校慶……以及最後在Sandra家的烤肉活動。

由Sandra的帶領下與四十三位（三十七位正妹加六位帥哥）孩子們，朝夕相處下來，發現外表看似文靜的二〇六卻隱藏著滿心的熱血，大夥總在歡笑中學習與成長。這也讓我的班級實習更加豐碩，增添許多難以忘卻的回憶。如今，時光飛逝，轉眼間活潑可愛又貼心的二〇六已變成三〇六，即將邁向人生另一個更加發光發亮的大學之門；感恩Sandra和靜儀與我聯絡，讓我在專屬於三〇六的班書中湊上一腳。

我想對三〇六的孩子們說的是：現今社會環境改變下，人們開始在別人面前戴起面具。微笑，哭泣，憤怒，都顯得那麼不真實。我希望你們除了學習成熟穩重的思想外，在內心深處仍保有一顆赤子之心，不要被外在的功利蒙蔽良知，建立自己是非分明的價值觀；竭盡所能回饋社會、幫助需要幫助的人。畢業後，不論你們各自奔向何方，身在何處，請記得將我們過往齊聚一堂時那種歡笑的氛圍，持續感染周遭新認識的夥伴們，讓這個社會因為有熱血奔放的愛投入，而更加幸福和諧！面對人生的十字路口，期許你們能夠勇敢抉擇，接受挑戰，縱使結果不甚令人滿意，凡事盡力不致於愧對自己就好，更希望大家都能「擇你所愛，愛你所選」！

啦啦喳喳提了一堆，最後謝謝三〇六的孩子們：因為活潑熱情與貼心的你們，溫暖了我這個初接觸教育的實習老師，讓我滿懷熱忱的繼續走入教職；離開校門後，我們是師生也是朋友，這份情緣讓我深感珍惜與懷念。祝福三〇六全體夥伴們 身體健康、鵬程萬里、夢想成真！

（三〇六的班級實習老師 瓈寅Lin 九十九年三月一日）

寫書！？我從沒想過有人居然會找我寫書！這讓我驚訝不已，而找我寫書的一群人，居然也是深藏在我腦海裡、有過美好回憶的一群人。而這人生中唯一的第一次寫書經驗，就獻給了最親愛的清水高中二〇六班同學們！動筆的同時，也讓我想起了回憶中我與二〇六的同學們創造了許多的第一次！

時光回溯到二〇〇九年的那個五月夏天，清水高中畢業旅行的前一天，我來到了飛亞旅行社報到！這是我第一次到飛亞帶團，「清水高中二〇六班」，這是我所得知隔天我必需要相處三天的班級。抱著期待的心情迎接隔天的到來！來到了學校接隊。一開始，我還不知道我的班級的位置，經由高人指點，我來到了二〇六班的面前。我先與二〇六班的班導打了聲招呼，老師也幫我介紹了他們家兩位可愛的小兄妹。之後我就用我的電眼，快速的掃瞄了班上。全班當時穿著白色Ｔ恤的上面有愛心圖案的可愛班服，而我就帶著這群可愛的同學們進入了期待已久的三天旅途。

咦？ＭＭ你怎麼沒有繼續寫這三天的過程呢？居然就這樣草草結束！可惡！我相信這會是所有同學心中的一個疑問！因為ＭＭ天生「搞威」，ＭＭ怕把三天的過程都給他打完字，又可以出另外一本書了。哈哈！更何況我相信那三天是我與二〇六的同學們共同擁有的美好回憶，我想不需提及就可想起，回想時還可以在嘴角露出一抹微笑，你們說是吧？

不知不覺，回憶裡的二〇六如今已經成為了三〇六，也已經要畢業了，雖然ＭＭ漸漸遺忘各位同學現在的長相，但二〇〇九年的那個夏天，我與二〇六的共同回憶，陽光、汗水、淚水、回憶、記憶，還是栩栩如生的在我眼前不斷的重複播放。

願二〇六的各位可以永遠的像墾丁的沙灘一樣，充滿的耀眼的陽光！在未來的日子，可以發光發熱！加油！

後記：在畢旅結束後的一星期，我收到了王淑敏老師的一封信，裡面有所有同學在週記裡面寫關於畢業旅行的點點滴滴。我收到這信件的時候，眼眶忽然有淚水在打轉。對於帶團這麼久的我來說，這是一種莫大的鼓勵跟成就。也由此可見淑敏老師的細心及貼心，更看出淑敏老師對教學、對學生的用心及努力。我相信我能夠遇到一群這麼可愛的學生，最大的原因就在於他們有一位非常優秀的老師。在這邊ＭＭ向淑敏老師及各位同學獻上最深的祝福。也希望同學看了這本書之後，千萬不要忘記各位同學與ＭＭ的回憶，以及三〇六與淑敏老師的共同回憶。

（三〇六畢旅專屬超級領隊ＭＭ陳彥勳）

由於小愛老師的退休，我幸運的遞補了這個位子。
很心虛，因為兼職行政工作我沒法子全心投入在教學上；
很高興，上課時你們捧場的專注聆聽。
感謝三〇六在我教學生涯中，彩繪了這絢爛的一學年
不要忘了我誠摯的懇求：快快一人一信……Please！

（歷史　涂老大允文師）

要在高中階段出書，對多數人來講都是一件不可思議的事！沒想到，你們真的做到了！在淑敏老師的帶領下，四十三位同學歷經兩年把看似平常、每週必做低門檻的事情——寫週記，編輯成冊

轉為高門檻的輸出。這不僅提高週記的附加價值，也將這一段美好時間記錄下來，這是一種毅力、理想實踐的過程。這個畢業禮物真酷！

（地理　許鐘云老師）

想起三年前的《繁星三〇七》，因為一個意外，給三〇七的話因此存在電腦裡一個未知的角落，來不及告訴三〇七。《繁星三〇七》一出版，熱騰騰送到我手中，正好陪我度過生命中最煎熬的一天。經過一年的空白，又接了Sandra的二〇六，因為還在適應中，每一堂課都備的很辛苦，又上得戰戰兢兢。一份教材我得講授四次，如果第一堂就碰上二〇六，總是深感挫折，最佳狀況是第三堂才上二〇六，講起課來駕輕就熟，也一整天心情愉快。正因如此，覺得自己無法陪你們到三〇六，只好情商其他老師接手，最後一堂課很想與你們好好告別，卻因故而未說出口。

透過Sandra約略得知你們近況，適應良好令人放心，沒有想到的是，到了三下又要再適應一次新老師。每位老師各有她的特色與專長，有的老師擅長各屆考題，有的老師課程整理分析詳細，有的老師強調觀念理解與邏輯推理。趕快適應之後，你總有機會找到最適合自己的方式，若能集大成，你就成為最幸運的人。

其實，能在三〇六就是最幸運的事了。若干年後當你想起高中生活，你比別人多留下的，就是這一些點點滴滴的回憶，還有老師誠心的祝福。

（地理　蕙琳老師）

家長的話

一月底學測考完，玟寧直說好難喔！終於熬到二月二十四日成績公佈，臉上的喜悅才綻放出來，雖然五十一級分不是很好，可是對玟寧來說，已進步了許多。接下來就是申請學校，可能面臨到很多瑣事，讓孩子心思不定，但是只要凡事都能用心慢慢去排解它，不管在申請學校或者在指考上，都希望同學一起加油！

（玟寧媽媽）

祝福三〇六&於姍：在人生的過程中越挫越勇，知足、感恩、善解、包容，慈濟的四神湯與你共勉之！

（於姍媽媽）

高中的黃金生活就要告一段落了，不管成長多少，收穫多少，那都是一種茁壯。接下來的另一個旅程中，就要靠自己的努力跟加油，希望大家都有一個美好的未來。

（家安爸爸）

記得孩子上高中是不久前的事，如今已上高三下學期，學測結束緊接著面臨指考。一路走來，我總是感恩導師無悔的付出，不厭其煩與家長溝通，我相信孩子們都感受得到您的用心與關懷，期待三〇六的每個孩子上了自己的理想大學，也祝福未來人生平順快樂，創造自己精采的人生。

（佳寧媽媽）

佑阡：無論學測或指考，凡事只要有堅定的意念或理想，辛苦的付出總有好的收穫，記得羅馬不是一天造成的。孩子加油！

（佑阡媽媽）

愛孩子就是要磨練她，多磨練就會熟練，想要熟練當然就是要多磨練。謝謝老師的用心，也祝福三〇六的孩子們！

（伶惟媽媽）

喬荃能在Sandra的教導下，實在是他的福氣，因為有Sandra用心的教誨，讓他不僅在課業上有所收穫，在正確的學習觀念上也獲益良多，感謝老師兩年來的用心及努力，相信三〇六班的同學及全體家長，都有同樣的感覺和想法，將來無論何時何地，喬荃及全班同學必定記取Sandra的一切教誨。

在此，祝福三〇六全體師生：鵬程萬里！順心如意！

（喬荃媽媽）

轉眼間，欣澔的高中生涯就要告一段落了，我也將完成我的大學學業。還記得當時欣澔第一次高中基測就以黑馬之姿考兩百八十八分，平常在段考和模擬考都不甚理想，能有這樣的成績，著實令人意外，但有一點可以確定的是：欣澔在考前很認真準備。媽媽常在清晨起床就看到他已經埋首在書堆中了，媽媽還擔心他的睡眠不足，要他多睡一些，這些辛苦都是值得的，在上高中之前做了一些自己想做的事。

在選擇就讀的高中時，爸媽真的是處於天人交戰的狀況，要上台中一中絕對沒問題，但考量交通和程度的問題，而且又怕一中街的誘惑太多，可是又覺得沒讓欣澔讀一中會阻擋了他的前程。此時，身邊的親朋好友一直在爸媽耳邊說：「成績這麼好，沒去讀豈不是太可惜了！」我們家是屬於民主型的，爸媽充分尊重我們的決定，只會在必要關頭給我們一些建議，分析利害關係，所以爸媽也告訴欣澔他們所想的，而欣澔也有點拿不定主意該讀哪裡好，第一次發現考太好竟然有這樣的困擾，這時他就問我讀清水高中好不好，於是我就告訴欣澔：「清水高中和台中一中所學的方向不同，一個是以全方位學習為導向，另一個是以學業為主，你要慎重的考慮，我們都會尊重你的決定，最重要的是決定後就不要後悔。」這時欣澔看起來就似乎知道他要什麼了，並且說：「我不會後悔！」爸媽也就比較放心了。

欣澔上了清水高中看起來還滿快樂的，結交了好多死黨，個個都好活潑，欣澔看起來也比較開朗了，和學校的教官、老師們關係也還不錯。很快的到了高二選組的時候，又是另一個抉擇的開始，自然組所學的科目比較多，欣澔不想要顧此失彼，而且對物理化學也較沒有興趣，在爸媽曉之以大義—自然組以後大學科系的選擇會比較多元，欣澔還是毅然決然選了社會組。爸媽尊重欣澔的決定，但是身為父母親總是會擔心孩子的未來，就在知道導師是王淑敏老師時，我告訴媽媽可以放心了。媽問為什麼，我說：「在王老師的班級，不僅是課業會有一定的水準，而且可以學到功課以外更重要的東西，像是團體活動、情緒管理、人生觀等等，這些都比在課業上有好表現來得更有意義。上學並不是要變成讀書匠，而是應該要面面俱到，才是未來受用的人才。」因為在我讀清水高中時，常常看到王老師帶領的班級總是表現得有聲有色。

我們也都感受到王老師對欣澔的一些影響，慢慢的就看到了一些改變，勇於追尋自己想要的。他曾經有幾次獨自一人騎單車到外縣市，有一次是大甲媽祖八天七夜繞境路過清水時，跟著媽祖的進香隊伍一路騎到了南部；更有一次為了要和我們分享彰化的名產，騎著單車，用背包揹著熱騰騰的肉圓，回到家時整個背紅通通，差點起了水泡，我們全家莫不懷著感恩的心吃著有生以來最特別的肉圓。欣澔說，會這麼有恆心及毅力是因為王老師曾經泳渡日月潭，她說：撐過去就是自己的了！在高中時，其實不要只把書本侷限於教科書上，王老師所堅持的課外讀物分享，更是幫助了班上同學看了許多課外書。欣澔看了許多不同領域的書，並且認真蒐集資料作簡報，為了就是和班上同學分享，藉由分享，同學們也就多讀了一本書，同時也訓練了上台的台風。王老師也很重視和學生的溝通，我們也看到了欣澔能思緒清晰地和人溝通，這方面的進步是很難得的。雖然欣澔的成績一直都不是在最頂尖的，但我們能看到欣澔有這麼多的改變及進步，這些是更令人開心的，還是那一句話：「人生不是只有讀書。」

最近大學學測剛落幕，為了讓欣澔能放鬆心情，寒假期間我們家三姊弟到香港自助旅行，這是多麼難得的機會。回國後，我覺得我們三姊弟的視野更開闊了一些，有些事也比較不會害怕了，人果然是需要到處旅行，真的會有進步！欣澔把目標放在指考，有更多的系所可以選擇，為了讓欣澔有更好的讀書效果，而且欣澔是屬於「遇強則強」的學生，於是送他到台中的補習班讀書，媽媽問欣澔當初會不會後悔沒去讀台中一中，欣澔回答：「如果我去讀一中，就遇不到淑敏老師了。」可見王老師對欣澔的影響是有一定的分量。媽媽現在看到欣澔似乎知道該如何讀書了，努力的往自己的目標邁進，放心了不少。欣澔你要繼續加油！認真過，才不會後悔，美好會留下！

淑敏老師，謝謝您！

（欣澔的姐姐）

三〇六人物側寫

欣澔：米糕王子，縱貫線上捷安特，時速四十公里的飆風騎士。
清楠：冷面笑匠，思考的角度永遠比別人突出。
俊帆：大眼泰式型男，操本省口音，在堅持與倒下之間，永遠有自己一套原則。
旭辰：畢旅電臀忘不了，學測爆衝實在屌，創意橫生未曾少。
韋傑：吳尊式型男，天生酷愛上籃，湊不成隊的籃球賽，唉！高中最大遺憾。
柏廷：大難不死，必有後福，用自身經驗提醒全班小心騎車的肉身菩薩。
佩珊：永遠輕重分明，緩急有序，高二下班長，不當則矣，一當令人稱奇。
家安：品學兼優無人敵，允文允武得第一，天降才女人人迷。
伶惟：社團的高手，辦活動的能手，運籌帷幄，八面玲瓏就是我。
佳寧：冷靜沉默是佳寧，把握時間息光陰，理想目標一定行。
珮伃：隨時有笑點的老吳，永遠找不到臨界點的老吳；賣自助餐兼找數學家教，人稱奇妙。
佑阡：熱血布袋戲迷，一心要跨出大肚山的小小盆地，尋覓世界的驚奇。
怡蓁：明眸皓齒艾莉絲，勤算數學有意思，散奔溫婉暖光的女子。

唯綺：大眼唯綺漫畫迷，合唱比賽飆鋼琴，搞笑瘋趣無人敵。

琇茹：字正腔圓張司儀，食堂少女美食迷，高佻身材萬人嫉。

璨萱：左手做早餐，右手寫文章，在現實與夢想的天平上，砝碼還在調整最佳的平衡姿態。

俐蓉：又稱松鼠，個頭小，夢想不小，減了頭髮，可沒短了想法。在翻灌籃高手偷偷拭淚之際，重新出發的志氣，已若旭日昇起。

亞琳：生活的簡單就像臉上的小梨渦一樣，只要吹長號和微微笑，快樂就會被找到。

若綺：閃耀光芒英劇星，爽朗活潑有個性，有她就有笑聲起。

良靜：終於脫繭，蛻變出快樂的良靜，永遠掌握先機，將最美的樂音細細聆聽。

禎蔚：總務管理有一套，細心謹慎替班勞，動靜皆宜實在好。

新雅：頭髮永遠黑亮，眼裡閃著慧黠的光，講台上的報告人氣王，明日仙草連鎖店的執行長。

喬荃：野狼喬荃樂天派，薩克斯風響豪邁，明日之星即將來。

宛姿：璨寅送別啦啦隊，英劇大豬吸血鬼，勇敢Amber無懼退。

瑋韓：第一次看到會在半年前就籌劃同學的生日、最nice的朋友，靠著真心真意，擁抱溫暖情誼。

雅葶：日本軍曹動畫迷，大眼虎牙可愛系，開朗個性笑嘻嘻。

芳瑜：跨越柵欄黑羚羊，耐心負責衛生長，笑臉迎人樂開朗。

佳宜：淘氣公主小可愛，心理諮商很厲害，目標達陣為你high。

於姍：皮膚白皙氣質派，可人鳳眼好身材，就是姍姍惹人愛。

宇妏：氣派指揮帶頭陣，小麥膚色美女陳，一泯微笑迷死人。

祐媁：堅決如一塊磚，篤定如一塊磚，個頭小小的祐媁，用意念與行動打造模特兒的伸展台。

萍端：班長奔波不為己，端莊敦厚萍端妳，詠絮之才好文筆。

育伶：才女指揮贏第一，滑稽小劉高人氣，正字笑容藏心底。

元鈞：在家人的期許與自我意念的不斷擺盪，希望能盪到設計的彼岸，盡情塗抹人生的圖像。

立綺：標緻五官使人迷，英文作文真實力，彭彭創意神來筆。

靜儀：電腦快手，ＰＴＴ能手，老師的左右手，最想要握的是赤西仁的手。

尹琳：個頭小但很耐操，熱心公益人緣好，數學再難也咬著牙，硬把答案找。

佳真：永遠微微笑，永遠ＥＱ高，超級愛泡澡，等得門外人受不了。

怡𪻐：伶牙俐齒真犀利，英劇公主飆演技，汪汪大眼發電機。

妍君：跑步狂奔高氣勢，細心顧人小護士，俏麗美女魔髮師。

玟寧：一個一派單純的甜姐兒，歷經高中三年，學會用思考面對大世界。

理偵：九把刀沒我偏激，朱學恆沒我無俚，望向未來我有十足的爆發力，飛天小女警，誰也擋不住的！

雅恬：開朗女孩叫恬恬，自小滾在顏料堆，前程似錦萬人羨。

國家圖書館出版品預行編目

山佐改週記 / 王淑敏著. -- 一版. -- 臺北市
: 秀威資訊科技, 2010.06
面； 公分. -- (語言文學類 ; PG0360)
BOD版
ISBN 978-986-221-466-4(平裝)

855　　　99007314

語言文學類　PG0360

山佐改週記

作　　者 / 王淑敏・306班
發 行 人 / 宋政坤
執 行 編 輯 / 邵亢虎
圖 文 排 版 / 郭雅雯
封 面 設 計 / 陳佩蓉
數 位 轉 譯 / 徐真玉　沈裕閔
圖 書 銷 售 / 林怡君
法 律 顧 問 / 毛國樑　律師
出 版 印 製 / 秀威資訊科技股份有限公司
台北市內湖區瑞光路583巷25號1樓
電話：02-2657-9211　傳真：02-2657-9106
E-mail：service@showwe.com.tw
經　銷　商 / 紅螞蟻圖書有限公司
台北市內湖區舊宗路二段121巷28、32號4樓
電話：02-2795-3656　傳真：02-2795-4100
http://www.e-redant.com

2010 年 6 月　BOD 一版
定價：350 元

讀　者　回　函　卡

感謝您購買本書，為提升服務品質，煩請填寫以下問卷，收到您的寶貴意見後，我們會仔細收藏記錄並回贈紀念品，謝謝！

1.您購買的書名：______________________

2.您從何得知本書的消息？

☐網路書店　☐部落格　☐資料庫搜尋　☐書訊　☐電子報　☐書店

☐平面媒體　☐ 朋友推薦　☐網站推薦　☐其他__________

3.您對本書的評價：(請填代號　1.非常滿意 2.滿意 3.尚可 4.再改進)

封面設計____　版面編排____　內容____　文/譯筆____　價格____

4.讀完書後您覺得：

☐很有收獲　☐有收獲　☐收獲不多　☐沒收獲

5.您會推薦本書給朋友嗎？

☐會　☐不會，為什麼？______________________________

6.其他寶貴的意見：______________________________

____

____

____

讀者基本資料

姓名：____________________　年齡：______　性別：☐女 ☐男

聯絡電話：________________　E-mail：____________________

地址：____

學歷：☐高中(含)以下　☐高中　☐專科學校　☐大學

☐研究所(含)以上 ☐其他_______________

職業：☐製造業 ☐金融業 ☐資訊業 ☐軍警 ☐傳播業 ☐自由業

☐服務業 ☐公務員 ☐教職　☐學生 ☐其他__________

請	貼
郵	票

To：114

台北市內湖區瑞光路 583 巷 25 號 1 樓

秀威資訊科技股份有限公司　　收

寄件人姓名：

寄件人地址：□□□

(請沿線對摺寄回,謝謝!)